KB141801

글쓰기는 글을 쓰는 사람을 위해
가장 먼저 쓰입니다

- 글쓰기가 필요한 시간

목요일의 왈츠

글쓰기로 내 인생의 문장을 만나다

목요일의 왈츠

글쓰기로 내 인생의 문장을 만나다

김민정 · 이숲 · 전경옥 · 최성혜

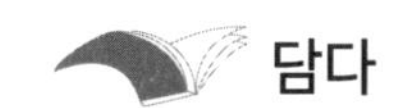

담다

들어가는 글

매주 목요일 저녁 7시 30분이면 어김없이 글쓰기가 시작되었다. 다양한 목표와 바람을 품에 안고 하얀 백지를 채워나갔다. 때로는 상황을 설명하기 위해, 어떤 날에는 감정을 전달하기 위해, 어느 날에는 이해를 구하기 위해, 아주 가끔은 대단한 변화를 기대하면서 페이지를 채워나갔다. 글쓰기에 대한 경험이 없다는 두려움이 있었지만, 삶의 기록을 책으로 완성해보겠다는 의지는 두려움보다 더 강했다. 대단한 용기와 어마어마한 결심이 필요한 일을 시작했고, 끝내 한 권의 책으로 완성했다.

『목요일의 왈츠』를 쓰는 동안 많은 부분에 대해 재평가가 이뤄졌다. 실패라고 여겨졌던 순간, 어디에도 얘기하지 못했던 감정, 기억의 가장 밑바닥에 있는 차마 고백하기 어려웠던 속마음에 대해 스스로 질문하고, 대답하기를 반복하면서 글로 녹아내었다. 반복의 힘을 진실로 위대함, 그 자체였다. 재평가의 과정은 놀라운 경험을 선사했다. 실패라고 여겼던 것은 좋은 자양분으로 자리를 옮겼고, 어디에도 얘기하지 못했던 감정은 분리 작업을 거쳐 남길 것과 떠나보낼 것에 대한 기준을 세우는 데 도움을 주었다. 차마 고백하기 어려웠던 속마음은 받아들임과 위로의 과정을 거쳐 자연스러움을 선택했다.

보통 우리는 의식적으로 살아간다고 말하지만 무의식적으로 생각하고, 행동하는 부분이 많다. 이때 무의식은 지나온 시간 동안 차곡차곡 쌓은 경험의 결과라고 할 수 있는데, 우리는 의도적으로 무의식의 세계를 점검할 필요가 있다. 그런 점검의 도구로 글쓰기만 한 것이 없다. 매주 목요일 네 사람이 모여, 각자의 삶에 관한 복기 작업을 진행했다.

거의 일 년 동안 쓰고, 고치고, 다듬는 과정을 통해 완성했다. 『목요일의 왈츠』는 네 사람의 이야기이며, 네 개의 세계에 관한 서사이다. 당신의 무의식을 살펴보는 시간, 당신의 이야기를 끌어내는 과정, 당신의 서사를 완성하는 일에 이보다 따듯한 위로와 응원의 메시지가 있을까. 네 사람이 만들어낸 에너지가 네 명, 사십 명, 사백 명에게 전달되기를 희망해본다.

기록디자이너 윤슬

목 차

7월에 핀 목련

이숲

바구니는 저절로 만들어진 게 아니에요

전경옥

가 버린 날도 다가올 날도 사랑입니다

최성혜

삶은 나침반이다

김민정

과거에 아이들을 가르치는 일을 했고, 현재 4살 아들을 키우고 있으며,
미래에 새로운 꿈을 위해 열심히 공부하는 중입니다.
나다운 삶을 되찾기 위해
하루하루 올곧은 소신과 참된 노력으로 살아가려고 합니다.
genie3298@naver.com

프롤로그

삶에 대한 자신감으로 가득 찬 20대 후반, 나는 결혼을 하고 곧이어 아이를 낳았다. 그리고 어느덧 육아 4년 차 엄마로 살아가고 있다. 엄마가 된 지 꽤 시간이 흘렀는데도 초보 엄마 딱지를 떼지 못하고 있다. 아이가 성장할수록 '엄마'라는 세계는 새로운 변화가 가득하고, 그 속에서 적응하지 못한 채 허둥대고만 있다. 그뿐만이 아니다. 아이를 키우다 보면 '나'가 아닌 '아이'를 삶의 중심에 두게 된다. 그러다 보니 항상 자신은 뒷전이 된다. 그리고 그냥 '엄마'가 되면서 인생의 목표와 행복의 기준마저 희미해져 간다. 서서히 '나다움'을 잃어가는 것이다.

엄마 노릇을 하는 것도 숨이 벅찬데, 요즘 세상은 원더우먼 엄마를 원하는 것 같다. 엄마들은 수준 높은 육아와 프로다운 직장 생활은 물론이고, 틈틈이 스펙도 쌓아야 완벽한 엄마로 인정받는다. 심지어 미디어를 비롯한 SNS에서는 외모를 가꾸고, 패션 감각을 갖추는 등 외적인 자기 관리 능력까지 뛰어난 엄마들을 자주 보여 주면서 완벽한 엄마의 조건을 한 가지 더 보태고 있다.

나 또한 '원더우먼 엄마'까지는 아니지만, 육아에서 잠시 벗어나 다른 일을 하면 지금보다 더 괜찮은 '나'이자, 멋진 '엄마'로 변하리라 생각했다. 하지만 일을 시작했음에도 현실은 전혀 나아지지 않고 악화되기만 했다.

직장 생활을 하는 동안 어린이집에 오래 남아 있던 아이는 엄마의 부재를 허락하지 않았다. 아이는 짧은 외출도 하지 못할 만큼 '엄마 껌딱지'가 되어 내 곁에만 있으려고 했다. 어린이집에서도 나를 찾으며 불안해한다는 연락이 자주 왔다. 그래서 일하는 동안 아이 걱정으로 업무에 집중하는 것이 어려웠다.

거기에 갑상샘암 수술을 받고 체력이 약해진 상태라 일과 육아를 동시에 해내기가 버거웠다. 그러다 보니 퇴근 후 집으로 돌아오면 지친 나머지 아이와 제대로 놀아 주지 못할 때가 많았다. 이러한 생활을 반복하다가 문득 깨달았다. '워킹맘'이라는 커다란 짐을 짊어지고 무리하게 행군하고 있다는 사실을 말이다.

좋은 엄마로 살아가는 것도, 나다운 삶을 되찾는 것도 쉽지 않다. 엄마로서 아이를 어떻게 키울지에 대한 고민, 엄마가 아닌 '나'로서 어떻게 살지에 대한 고민, 수많은 고민이 있지만 아직도 명쾌한 답을 찾지 못했다. 다만, 지금 내가 할 수 있는 것을 묵묵히 해내고 있을 뿐이다.

삶의 과정은 가장 정확한 방향으로 안내하기 위해 끊임없이 흔들리는 나침반의 초침과 같다. 살아가면서 어쩔 수 없이 선택해야 하는 수많은 결정이나 갑작스레 찾아오는 시련과 고통 앞에서 우리는 흔들릴 수밖에 없다. 하지만 이러한 과정을 거쳐야 내면이 단단해지고 성숙한 '나'가 되어 세상을 좀 더 아름답게 바라보고 유연하게 살아갈 수 있다.

그러므로 완벽하지 않다고 좌절하지 말고, 흔들리는 것을 두려워하지 않으며 씩씩하게 앞으로 나아간다면 인생의 꽃밭을 거닐 날이 오지 않을까?

감정의 대물림을 끊어야 아이가 행복하다

아이는 태어난 지 100일이 지나면서부터 자정을 넘겨 잠이 들었다. 그뿐만이 아니었다. 새로운 자극에 민감하게 반응해 문화센터 수업 도중에 자지러지게 우는 아이를 데리고 나온 적이 있다. 낮잠 투정도 심해 몇 시간이 넘도록 안고 달래기도 했다. 떼쓰기와 고집도 남달랐다. 원하는 것을 얻지 못하면 그 어떤 타협도 할 수 없다는 듯 두 눈을 꼭 감고 소리를 지르며 울음을 터트렸다.

주변에서는 시간이 지나면 아이의 기질이 한결 나아질 거라고 했고, 나 또한 그렇게 믿고 있었다.

하지만 해가 바뀌어도 이러한 문제들은 해결되지 않았고, 오히려 편식과 식사 거부, 불규칙한 식사 습관이라는 새로운 문제가 생겼다. 물건을 던지거나, 또래 친구를 때리는 것처럼 저돌적인 행동 때문에 난감했던 때도 있었다. 아이 문제를 해결하기 위해 육아 정보를 찾아보다가 인터넷에서 한 단어가 눈에 들어왔다.

'하이니즈(High-needs) 베이비'

또래 아이들보다 욕구의 폭이 커서 항상 요구사항이 많고, 애정을 갈구한다. 그래서 과도한 욕구를 채워 주지 못하는 양육자에게 불만을 표출하거나, 문제적 행동과 태도를 보이기도 한다. 즉, '하이니즈 베이비'는 까다롭고 예민한 기질의 아이를 의미했다. 이러한 '하이니즈 베이비'들이 점점 증가함에 따라 이와 관련된 인터넷 카페가 개설되기도 했다. 그 카페에 가입해 게시글을 빠짐없이 읽어 보니, 내 아이도 '하이니즈 베이비'에 속한다는 확신이 점점 강하게 들기 시작했다.

'왜 하필 나에게 이토록 어려운 아이가 오게 된 것일까?'
'어떻게 하면 이 문제를 해결할 수 있을까?'

내 마음은 아이에 대한 원망과 걱정이 뒤섞여 괴롭기만 했다. 하지만 무엇이라도 해야 했다. 나는 아이를 긍정적으로 변화시킬 방법을 찾기 위해 매일 육아 관련 책을 읽었다. 그러던 중에 읽은 책 하나가 『푸름아빠, 거울육아』라는 책이다. 이 책에서는 엄마의 어린 시절과 육아의 관계를 이야기한다. 부모가 되어 아이를 키우다 보면, 자신의 무의식 안에 상처받은 '내면아이'가 있다는 것을 알게 되는 순간이 반드시 온다고 한다. 그런데 상처받은 내면아이를 치유하지 못한 엄마는 아이에게 심리적 불안 및 문제 행동 등의 부정적인 영향을 준다고 한다.

줄곧 아이에게만 초점을 맞췄던 나는 어린 시절을 회상하며, 자신을 돌아보게 되었다.

내가 어렸을 적에 부모님은 사이가 좋지 않으셨다. 두 분은 자주 다투셨고, 냉랭한 분위기 속에서 눈치 보며 지낼 때가 많았다. 하나뿐인 딸이 공손한 아이로 자라나기를 원했던 부모님은 나에게 엄격하셨다. 조심스레 어린 시절의 기억을 꺼내 보고, 다시 거울을 찬찬히 들여다보면서 비로소 내가 어떤 엄마인지 알게 되었다.

나는 예민한 엄마였다. 아이의 고성과 과격한 행동에 침착하게 대응하지 못했고, 괴로움을 토로하며 감정 에너지를 소모했다. 또한 나는 완벽함에 집착하는 엄마였다. 아이가 조금이라도 내가 만든 기준에서 벗어나는 행동을 하면 큰 문제라도 있는 듯 반응하며 불안해했다.

'내면아이'와의 대면이 이루어지고 새로운 사실을 알게 된 후, 마음 한구석이 저렸다. 그리고 눈물이 나기 시작했다.

이해받지 못했던 아이에 대한 미안함과 엄마로서의 부끄러움, 잊고 있었던 내 어린 시절의 상처….

그동안 나는 해소하지 못한 어린 시절의 부정적인 감정 찌꺼기 때문에 아이를 너그럽고 여유롭게 바라보지도, 믿어 주지도 못했다. 육아의 모든 갈등이 아이로부터 시작된다고 여겼고, 아이를 탓하며 문제를 해결하려고 했다.

한편으로 아이를 올바른 방법으로 사랑하려면 나의 '내면아이'부터 치유해야 한다는 것을 깨달았다. 가슴속 깊은 곳에서 울고 있는 아이를 안아 주고 성장하도록 도와줘야 내가 낳은 아이도 정서적으로 건강하게 성장할 수 있으리라는 생각이 들었다. 그리고 아이의 행복을 위해서라도 나를 좀 더 알아가고 사랑해 주어야겠다고 다짐했다.

이후 좋은 아이를 만드는 것이 아닌 좋은 엄마가 되는 데 도움을 주는 책을 자주 읽었다. 또한 '나'를 알아 가기 위해 심리 검사와 상담을 받기도 하고, '나'를 성장시키는 공부도 열심히 하고 있다.

'하이니즈 베이비' 관련 상담 센터에서 받은 나와 아이의 기질 검사 결과, '예민하고 불안도가 높은 엄마와 자극 추구를 선호하는 까다로운 아이'라고 나왔다. 꼭 자동차 브레이크와 엑셀처럼 정반대인 엄마와 아이의 조합이다. 하지만 좀 더 용기를 내어 감정의 대물림을 끊고, 좋은 감정을 연결하고 공유하며 노력한다면 함께 성장할 수 있을 것이라 믿는다.

다시 일을 시작한다고 잃어버린 '자존감'이 돌아오는 것은 아니다

결혼하고 아이를 낳은 후 삶이 180도 달라졌다. 아이가 생활의 중심이 되었다. 여행 같은 취미 생활은커녕 아이를 먹이고, 재우고, 놀아 주는 것으로도 시간이 부족했다. 아이는 쑥쑥 자라났지만, 엄마가 아닌 '나'를 위한 시간은 정지 상태였다.

어느 날 아이와 함께 아침 산책을 할 때의 일이다. 정장 차림에 힐을 신고 출근하는 이웃이 멋져 보이고, 부러웠다. 반면에 부스스한 머리에 통짜 원피스를 입은 채 유모차를 끌고 있는 내 모습을 보니 한없이 서글퍼졌다. 그때부터 육아가 아닌 직장 생활을 하고 싶다는 생각을 했던 것 같다. 직장 생활을 시작하면 육아로 인해 땅바닥에 떨어진 나의 자존감도 회복될 것 같았다. '애 엄마'가 아닌 다른 역할의 이름으로 불리는 순간을 상상만 해도 설렜다.

1년 뒤, 집 근처 독서논술학원에서 강사를 구한다는 정보를 듣고 면접을 봤다. 그리고 바로 일을 시작했다. 갑상샘암 수술을 한 지 얼마 되지 않아 조금 걱정이 되었지만, 그래도 일할 기회를 얻었다는 사실에 매우 기뻤다. 다시 결혼 및 출산 전의 당당한 '나'로 돌아갈 수 있을 것 같았다.

하지만 워킹맘의 현실은 달랐다. 어린이집에 좀 더 오래 머

물게 된 아이는 자주 울고, 불안해했다. 어린이집 선생님이 아이가 적응하지 못하고 인터폰만 쳐다보며 나를 기다린다고 했다. 심지어 아이는 어린이집뿐 아니라, 집에서 내가 잠시 자리를 비울 때도 자주 '엄마'를 찾았다.

이러한 아이의 반응 때문에 나 또한 업무에 집중하지 못했다. 일하는 동안에도 '어린이집에서 혹여 연락이 오지 않을까?'라는 생각에 불안한 마음으로 핸드폰을 쳐다보는 일이 잦았다. 그렇게 하루를 보내고, 아이를 하원시켜 집에 도착하면 침대에 바로 쓰러졌다. 아이가 옆에서 '엄마, 안아줘~', '엄마, 놀아줘~'라고 칭얼댔지만, 너무 피곤해서 아무것도 해 줄 수 없었다.

나의 착각이었다. 예전처럼 일을 다시 시작한다고 해도 나는 여전히 '엄마'였다. 원더우먼처럼 일도, 육아도 완벽하게 해낼 것이라는 나의 환상은 욕심에 불과했다. 자존감 회복을 위해 시작한 워킹맘 생활은 오히려 엄마로서 자괴감에 빠져들게 했다. 결국 엄마를 찾으며 온종일 불안해하는, 또래보다 언어도 느린 아이를 두고 더는 일을 계속할 수 없었다. 일하던 학원에 양해를 구하고 특강 수업만 진행하기로 했다.

이후 아이를 일찍 하원시켜 놀이공원이나 동물원 같은 곳을 다니며 함께 시간을 보냈다. 집에서는 아이를 무릎에 앉혀 오랫동안 동화책을 읽어 주고, 자주 안아 주면서 사랑한다고 속삭여 주었다. 시간이 지나면서 아이가 조금씩 안정을 찾아가는 모습이 눈에 보이기 시작했고, 내 마음도 한결 편안해졌다.

일과 육아의 균형을 맞추는 것이 얼마나 중요한지 온몸으로 깨닫게 되면서, 무리하게 직장 생활을 하려는 생각도 내려놓았다. 물론 주변에 괜찮은 학원 또는 과외 강사 자리가 있다는 말을 들으면 솔깃할 때도 있다. 하지만 그때마다 아이가 좀 더 크고, 엄마로부터 일부 독립이 가능할 때 일을 본격적으로 시작해도 늦지 않을 것이라며 흔들리는 나를 다잡아 본다.

살아 있는 것은 모두 흔들린다

아이가 세 살 되던 해, 갑상샘암을 진단받았다. 살면서 큰 병에 걸린 적이 한 번도 없었기 때문에 처음에는 그저 얼떨떨하기만 했다. 그러다가 문득 서러운 마음이 들어 소리 없는 눈물을 쏟아 냈다.

'내가 왜 이토록 아파야 하지?'
'아무 잘못도 하지 않았는데?'
'오히려 더 열심히 살려고 애처롭게 하루하루를 보내고 있는데, 왜 세상은 나에게만 매정하게 구는 걸까?'

갑상샘암 진단 소식에 주변 사람들이 애써 위로했다. '갑상샘암은 착한 암이라 수술하면 금방 낫는다더라', '일찍 발견해서 다행이다' 등의 얘기를 들으며 조금이나마 위안을 얻었다. 생각해 보면 그동안 몸에서 계속 적신호를 보냈던 것 같다. 아이를 어린이집에 보낸 후 어지러워서 누워 있거나, 나도 모르게 잠들어 아이의 하원 시간을 놓친 적이 많았다.

그런 증상이 있을 때마다 나태해진 마음을 탓하며, 새벽까지 책을 읽거나 공부하면서 조금이라도 알차고 의미 있는 하루를 완성하려고 했다. 그러면서도 쉬어야 할 시간에 쉬지 못해 내 몸이 혹사당하고 있다는 생각은 한 번도 하지 않았던 것 같다. 그런데 이번에는 이유 모를 우울감과 심한 감정 기복으로 마음이 요동쳤고, 식사량에 비해 체중도 급격히 증가했다. 그럼에도 이러한 증세를 일시적인 것으로 치부해 버렸다.

세상에 대한 원망에서 자신의 건강을 제대로 챙기지 못했다는 반성으로 감정이 옮겨 가는 사이에 어렵사리 수술 날짜를 잡았다. 수술을 기다리는 동안 아무것도 하지 않은 채 그저 누워서 쉬기만 했다. '쉼'이라는 것이 예전에는 죄책감을 느끼게 하는 불편한 것이었다. 하지만 암 환자가 되고 나니 정당하게 쉴 명분이 되어 오히려 마음이 편했다.

그러다 문득 오규원 시인의 〈살아있는 것은 흔들리면서〉라는 시가 떠올랐다. 대학 시절, 국문학 수업에서 처음 만난 이 작품은 인생에 선택과 위기가 찾아올 때마다 큰 힘이 되어 주었다.

"나뭇잎이 바람에 의해 흔들리는 것처럼 살아 있는 것은 모두 흔들린다."

내가 가장 좋아하는 구절이다. 여기에서 말하는 '흔들림'은 시련과 고통이 되기도 하고, 삶의 정답을 찾기 위한 열정의 몸부림이 되기도 한다. 이처럼 누구에게나 스쳐 가는 바람에 의해 흔들리고 고통을 마주하며 살아가는 것이 삶의 이치라는 것이다.

나 역시 살아 있기에 지나가는 인생의 바람에 잠깐 흔들리는 것뿐이라고 스스로 다독이며 수술실로 들어갔다. 그리고 '잠시 흔들리는 것뿐이야'라고 되뇌며 눈을 감았다. 수술은 장장 5시간이나 걸렸다. 눈을 떠 보니, 푸석한 얼굴의 남편이 나를 내려다보고 있었다.

"이제 괜찮아, 고생했어."

남편의 말에 눈물이 차올랐지만, 수술 부위가 아파서 울 수도 없었다. 수술은 잘된 편이었다. 반쪽짜리 갑상샘도 정상적으로 기능하고, 수술한 부위도 빠른 속도로 회복되었다.

퇴원 후 며칠은 갓 태어난 신생아가 된 기분이었다. 아이 걱정보다 내 걱정과 안부를 묻는 전화들, 가족들의 분에 넘치는 애정과 보살핌 덕분이었다. 그 일을 계기로 내 몸과 마음을 채찍질하는 행동도 멈추었다. 대신 인생의 한 고비를 넘긴 나를 다독이고 더 아끼려고 노력하고 있다.

앞으로도 인생을 살아가면서 수많은 흔들림에 부딪히게 될 것이다. 나의 심신이 폭풍을 버텨내지 못하고 부러진 나뭇가지처럼 되는 날도 분명 생겨날 것이다. 하지만 그 흔들림조차 담담하게 받아들인다면 어느 순간 삶에 대한 기쁨 한 자락 또는 깨달음 한 줌을 얻을 수 있으리라 생각하며, 오늘을 살아간다.

살아 있는 것은 흔들리면서

오규원

살아 있는 것은 흔들리면서
튼튼한 줄기를 얻고
잎은 흔들려서 스스로
살아 있는 몸인 것을 증명한다.

바람은 오늘도 분다.
수만의 잎은 제각기
몸을 엮는 하루를 가누고
들판의 슬픔 하나 들판의 고독 하나
들판의 고통 하나도
다른 곳에서 바람에 쓸리며
자기를 헤집고 있다.

피하지 마라.
빈들에 가서 깨닫는 그것

우리가 흔들리고 있음을

아이를 '된 사람'으로 키운다는 것

산후조리원에 있을 때 그림책 전집 홍보를 나온 책방 사장님이 나에게 물었다.

"아이에게 가장 필요한 교육이 무엇인지 아세요?"

올바른 인성을 키우는 것이 가장 우선되어야 한다고 대답하니 내 이야기에 웃으며 말했다.

"허허, 어머니~ 인성이 좋은 학교에 보내 주는 건 아니잖아요."

그 말을 듣고 당황스러웠다. 심지어 그 자리에 있던 아기 엄마들이 책방 사장님의 말에 동조하며 눈도 제대로 뜨지 못하는 아기를 위해 책을 구매하는 모습을 보고 깜짝 놀랐다. 아이에게 가장 필요한 교육이 인성 교육이 아니라 지식 교육이 되어 버린 현실에 혼란스러웠다. 공부 잘하는 아이보다 착한 아이로 키우겠다는 엄마는 바보가 되는 세상이 된 것일까?

요즘 부모들은 똑똑하고 공부 잘하는 아이로 키우는 것이 최고라고 생각한다. 공갈 젖꼭지를 물고 있을 때부터 고액의 교구 수업을 시작하고, 아이가 걷기 시작하면 영어 유치원에 보낼 준비를 하기 위해 수많은 영어 교재 및 프로그램을 알아보느라 집마다 분주하다. 물론 아이의 재능을 길러 주기 위한 교육도 매우 중요하고, 이를 위한 다양한 교육 방식이 있을 수 있다는 것은 인정한다. 다만 안타까운 것은 지식과 재능을 길러 주는 교육에 비해 어진 성품을 키워 주는 교육은 등한시되는 경우가 많다는 점이다.

나는 의문이 든다.

아이의 지식이 풍부하고 재능이 뛰어나다고 과연 절대적인 행복을 누릴 수 있을까? 나는 사교육계에서 일했음에도 불구하고, 아직은 아이를 위해 분수에 넘치는 지식 교육을 시킬 생각이 없다. 돈으로 좋은 성적을 살 수 있는 경우는 있어도, 고운 성정과 정서적 충족감은 살 수 없다는 것을 학원가에서 자라난 아이들을 보며 느꼈기 때문이다.

과외 수업을 할 당시, 아침 일찍부터 밤늦게까지 공부하는데도 매일 해야 할 공부가 산더미라던 학생의 슬픈 목소리가 아직도 생생하다. 이 같은 학업 스트레스를 해소하지 못해 우울감을 느끼거나, 문제 행동으로 이어지는 아이들을 자주 보았다.

아이의 행복과 밝은 미래를 원하는 부모의 마음은 똑같을 것이다. 나 또한 우리 아이가 지금도, 어른이 되어서도 행복하기를 바란다. 주변 사람들과는 조금 다른 방식으로 말이다. 그래서 아이를 부와 명예를 거머쥔 '난 사람'과 풍부한 지식을 가진 '든 사람'이 아닌, 완성된 인격을 갖춘 '된 사람'으로 키우고 싶다. 아이가 성인군자가 되기를 강요하는 것은 결코 아니다. 다만 넘어지면 훌훌 털고 일어나고, 주변 사람이 넘어지면 일으켜 주는 착하고 강한 마음으로 세상을 살아가길 바랄 뿐이다. 눈 부신 햇살에도, 비바람 몰아치는 폭풍우 앞에서도 언제나 감사하는 마음을 잃지 않게 해 주고 싶다. 그래야 쉽게, 자주 행복해질 수 있으니 말이다.

그러기 위해 주말에는 선행 학습과 밀린 숙제 대신 산과 들, 바다로 가서 자연을 온몸으로 느끼게 할 것이다. 더불어 자원봉사 활동을 통해 이타적 마음과 행동을 가르칠 것이다. 아이가 자연과 사람에 대한 다양한 경험으로 내면의 평수를 늘렸으면 좋겠다.

무엇보다도 아이와 함께하는 일상에서 애정 담긴 말과 표현을 자주 하려고 노력할 것이다. 또한 언제나 아이를 믿어 주고 존중하는 부모가 될 것이다. 그렇게 한다면 아이의 마음속에 부모의 사랑과 신뢰가 가득하고, 이를 바탕으로 누구에게나 정을 베풀 줄 아는 아이로 성장하리라 생각한다.

금수저도 은수저도 아닌 따스한 '정'수저로 아이를 키워 '된 사람'으로 교육시키는 것. 쉽지 않은 길이지만, 내 아이의 행복을 위해 내린 최고의 결정이라 확신한다.

우리는 모두 '역사'라는 페이스트리를 밟고 있다

20대 후반, 입시 컨설팅 업무와 고등 사회 과목 강사로 쉴 틈 없이 일하며 지내고 있었다. 입시 컨설팅 대표님과 입시 학원 원장님에게 번갈아 가며 학부모 상담 및 학생 지도와 관련된 압박을 받아야 했고, 빡빡한 강의 스케줄 때문에 식사를 거를 때도 많았다.

특히 아침잠이 많았던 나는 방학 시즌이 되면 힘들고 예민해서 지친 모습으로 오전 수업을 할 때가 종종 있었다. 그 학생의 질문을 받았던 것도 그런 상태로 수업하던 날 중 하나였다.

"선생님, 역사를 왜 배워야 하나요? 역사는 결국 승기를 잡은 개인의 기록이기 때문에 신뢰할 수 없는 부분이 많잖아요. 한쪽으로 치우치고 잘못된 과거의 기록에서 우리가 무엇을 얻을 수 있는지 모르겠어요. 윤리도 배울 필요가 있을까요? 시대가 변하면 윤리도 변하잖아요. 동성애에 대한 사람들의 시각처럼 말이에요. 솔직히 이 수업을 들어야 할 이유를 모르겠어요."

판서를 준비하던 나에게 치기 어린 눈빛으로 질문하던 학생은 그 반 학생 중 가장 성적이 좋았다. 그뿐만이 아니었다. 의사 집안에서 태어나 명문고에 다니고 있었고, 출중한 외모로 인기도 많았다. 항상 맨 앞자리에서 초롱초롱 빛나는 눈으로 수업에 집중하던 학생이 이런 질문을 하자 나는 너무나 당황스러웠다. 주변의 다른 학생들도 모두 놀라서 웅성거렸다.

나의 감정은 이내 당황스러움에서 모욕감으로 바뀌었다. 그 학생이 나를 놀리려고 장난을 치고 있다고 생각했기 때문이다. 일부 학생이 학원 강사를 자기 아래로 본다는 생각에서 온 자격지심도 한몫했던 것 같다. 그래서 질문에 진지하게 대답하는 대신 쓸데없는 수작 부리지 말라며 버럭 화를 내고 수업을 진행했다.

그날 이후 학생은 나에게 마음의 문을 닫은 듯 그저 묵묵히 수업만 들었고, 나 또한 더는 그 일에 신경 쓰지 않았다. 그런데 이상하게도 아이를 낳고 육아하면서 자꾸 그 일이 생각났다. 그때 그 질문에 제대로 대답해 주지 못한 것이 후회되었다.

'만약 그 학생이 우리 아이였더라면 그 질문에 제대로 답해 주지 않았을까?'

아이의 얼굴과 그 학생의 얼굴이 겹치면서, 지난날 과오에 대한 양심의 가책이 마음 한구석을 차지했다. 만약 그 학생을 다시 만나게 된다면 미처 해 주지 못한 질문에 정성스레 대답해 주고 싶어 편지를 남기고자 한다.

이름이 기억나지 않지만, 마음 한구석을 차지하고 있던 제자야. 이제야 너의 질문에 답하게 되는구나.

역사를 왜 배워야 하는지 모르겠다고 했지?

이 세상은 '과거의 기록'이라는 빵 반죽이 겹겹이 쌓여 결이 생긴 페이스트리와 같아. 과거의 사람들이 피를 흘려 가며 지키려 했고, 아픈 가슴을 부둥켜안고 눈물을 쏟으며 만든 수많은 가치와 문화가 한 층씩 더해져서 우리가 온전히 발을 딛고 살 수 있는 땅이 된 거라고 할 수 있어.

특히 우리나라는 유럽에서 100여 년이나 걸렸던 민주주의와 산업화를 30여 년 만에 이루면서 민주주의 투쟁과 같은 혹독한 대가를 수없이 치러야 했어. 이처럼 한 시대를 바꾼 그들이 없었더라면 우리나라는 선진국 반열에 들지도 못하고, 국민의 정당한 권리도 얻지 못했을 거야. 그러니 우리가 누리는 삶의 일부는 그들 덕분이라고 해도 과언이 아니겠지. 그들을 잊지 않고 기억하고, 최대한 공감하려는 태도가 곧 역사를 배우는 것이라고 생각해. 그러니 역사를 배우는 것을 그저 학문의 일부가 아니라, 네 삶을 영위하게 도와준 그들에게 경의를 표시하는 것으로 생각하면 어떨까?

시대에 따라 변하는 윤리는 필요 없다고 말했지? 인간은 불완전한 존재지만, 끊임없이 성장한다고 생각해. 과학이 우리의 상상 그 이상으로 발전하는 것처럼 말이야. 그렇기에 인간이 지켜야 할 도리라 할 수 있는 윤리도 시대에 따라 변하는

게 당연하겠지? 네가 말한 과거에 금기시되었던 동성애가 지금은 사람들에게 점점 받아들여지고 있는 것처럼 말이야. 윤리가 긍정적인 방향으로 발전하려면, 더 나은 세상을 위한 윤리가 만들어지려면, 현재의 윤리를 제대로 알고 배워야 한다고 생각해. 그리고 그 일은 미래를 짊어지고 갈 너희 세대의 몫이야.

마지막으로 좋은 선생님이 되어 주지 못해서 미안하다. 강의를 노련하게 하는 것보다 진심으로 학생들을 대하는 태도를 우선시하는 것을 나의 신조로 삼고자 했는데, 그땐 학생 머릿수만 세는 이기적인 강사로 살고 있었나 봐. 지금 너는 무엇을 하며 살고 있을까? 아마 너의 꿈이었던 의대에 진학해 지금도 열심히 공부하고 있겠지? 무얼 하든 네가 진정으로 하고 싶은 것을 하고, 삶에 대한 질문에 답을 찾기를 바란다.

아, 만약 역사와 윤리를 왜 배워야 하는지 그 정답을 스스로 찾았다면 나에게도 알려 줄 수 있을까? 네가 어떤 답을 찾았을지 정말 궁금하다.

그럼 잘 지내기를.

트라이앵글이 아니라도 괜찮아

유년 시절, 부모님의 불화로 인해 힘들어하던 때가 있었다. 그때는 행복하지 못한 가정에서 자란 티가 날까 봐 부모님의 일을 입 밖으로 꺼내지 않고, 오히려 가족과 더 잘 지내는 척을 했던 것 같다. 하지만 마음속 지하실에서 불안, 걱정, 슬픔, 분노 등의 부정적인 감정이 꿈틀대는 것은 막을 수 없었다.

별거 중이던 부모님은 서로에 대한 갈등을 이기지 못하고 결국 이혼하셨다. 이 사건으로 내 마음은 절뚝발이처럼 균형을 잃고 말았다. 그 후 자주 우울하고, 불안한 감정에 시달렸다. 하지만 한편으로는 이러한 자신을 숨기기 위해 항상 웃는 얼굴로 관계를 유지했다. 밖에서 활발하고 사랑을 많이 받고 자란 사람처럼 연기하느라, 집에 오면 지쳐서 말 한마디도 하지 않고 멍한 표정만 지었다. 점점 겉과 속이 다른 이중적인 사람이 되어 갔고, 상처는 더 깊이 곪아 가고 있었다.

마음속 상처를 숨긴 채 일상을 버티던 스무 살, 우연히 김애란 작가의 『달려라, 아비』라는 소설을 읽었다. 택시 기사인 엄마와 사는 주인공은 가족을 버린 아버지를 원망의 대상으로 여기거나 자신의 불행이라고 생각하지 않았다. 주인공은 얼굴도 보지 못한 아버지를 여전히 사랑했고, 엄마와 단둘이 사는 것에 대해서도 서글퍼하지 않았다. 오히려 아버지가 자신과 엄마를 버리고 재혼했다가 불의의 사고로 돌아가셨다는 사실을 알게 된 후에도 아버지를 기꺼이 용서했다. 그리고 아버지가 자신의 상상 속에서나마 행복하게 지내기를 바랐다.

『달려라, 아비』는 짧은 소설이지만, 긴 여운을 남겼다. 그동안 스스로 불행한 존재라 여기며 자기연민에 빠져 있었다는 생각에 나 자신이 한심해졌다. 주인공의 이야기를 따라가면서 문득 깨달은 점이 있었다. 아빠, 엄마, 나로 이루어진 완벽한 트라이앵글 가족이 완성되지 않더라도 충분히 행복해질 수 있다는 사실을 말이다. 이러한 새로운 시각으로 가족을 인정함으로써 숨이 턱 막힐 정도로 커졌던 상처 덩어리를 소화할 수 있었다.

더는 부모님의 이혼으로 인한 아빠의 부재를 부정적으로 받아들이지 않았다. 남들과 다른 우리 가정이 내 인생에 치부가 될까 봐 전전긍긍하며 가정 환경을 감추는 일도 멈췄다. 가족의 갈등 자체가 나의 삶을 옭아맬 수 없음을 분명히 하며, 있는 그대로의 '나'를 존중하고 사랑하려고 노력했다.

생각과 마음의 변화 덕분에 나는 좀 더 나은 사람으로 성장할 수 있었고, 새로운 생활의 시작으로 바쁘셨던 엄마와의 소원한 관계도 자연스럽게 나아졌다. 이 세상에는 다양한 가족 형태와 그에 따른 가족 구성원들의 구구절절한 사연이 있다. 특히 '트라이앵글 가족'이라는 보편적인 기준에서 벗어난 가족 형태가 점점 늘고 있다. 한부모 가족을 비롯해 조손 가족,

동거 가족, 성 소수자 가족, 1인 가구까지.

그러다 보니 자신과 다르다는 이유로 세상의 따가운 시선을 받을 때도 있고, 가족 내 갈등이 자주 일어나는 상황도 생긴다고 한다. 이런 상황들은 사춘기 아이들에게 더 큰 마음의 상처를 남길 수도 있다. 나처럼 가족의 트라이앵글에서 이탈해 방황하는 아이들에게 이 말을 전하고 싶다.

'트라이앵글이 아니더라도 괜찮아. 가족이 네 삶의 모든 것을 좌우할 순 없어. 그러니 쓸데없는 불안과 걱정 대신 스스로 행복해지는 길을 찾아 봐!'

이기지 못한 두려움

"그게 아니지. 다시 해 봐. 다시! 다시!"

영화 〈위플래쉬〉에서 플레처 교수는 메인 드러머를 꿈꾸는 앤드루의 능력을 최대치로 끌어내기 위해 폭언과 폭행으로 그를 몰아붙인다. 이 장면을 보는데, 나도 모르게 몸이 부르르 떨렸다. 어린 시절이 떠올랐기 때문이다.

초등학교 3학년, 담임 선생님은 매우 꼼꼼했고 학생들의 학업에 열정이 넘쳤던 분이었다. 특히 수학 문제를 과제로 내주고 정답을 스스로 알아낼 때까지 반복해서 검사받게 했다. 세 번 이상 검사받아도 수학 문제를 제대로 풀지 못한 학생들은 방과 후에 남아서 나머지 공부를 해야 했다. 나는 그중에서도 교실에 늦게까지 남아 있던 아이였다. 그날도 어김없이 나머지 공부를 하고 있었다. 친구의 생일 파티에도 가지 못하고 해가 뉘엿뉘엿 지고 있는 것을 보고 있으니 설움이 북받쳐 울음을 터트리고 말았다. 나의 울음소리가 교실에 울려 퍼졌음에도 담임 선생님은 침착했다. 그리고 말씀하셨다.

"왜 우니? 공부를 잘하기 위해서는 어쩔 수 없는 거야. 네가 수학 공부를 못하니 더 잘하기 위해 더 노력해야 한다고 생각해."

나는 집으로 달려가 엄마에게 울음 섞인 목소리로 자초지종을 얘기하고 전학을 보내 달라고 부탁했다. 초등학교 교사였던 엄마는 담임 선생님과 통화한 후, 내 부탁을 들어주는 대신 동네에서 가장 유명한 수학 학원에 보내셨다. 나는 원하는 바를 이루지 못했다는 깊은 실망감과 담임 선생님에 대한 두려움으로 며칠을 몸져누워야 했다.

나머지 공부에 대한 압박감은 성인이 되어서도 나를 괴롭혔다. 대학원 입학과 첫 직장인 박물관 입사가 맞물리면서 이리저리 치이는 상황이 벌어졌다. 대학원에서 발표할 때마다 교수님은 조언을 가장한 폭언을 퍼부었다. 또한 첫 직장이었던 박물관에서는 여러 번 확인하면서 작성한 유물 보고서를 재작성하라는 상사의 날카로운 메시지를 계속 받았다.

이러한 압박의 연속에서 오는 극심한 스트레스로 위염에 시달려야 했다. 위염에 좋다는 영양제와 양배추즙을 달고 살던 나에게 주변 사람들이 '김위염'이라는 별명을 지어 줄 정도였다.

플레처 교수 같은 그들 덕분에 나의 능력치가 좀 더 향상된 것은 사실이다. 몇 년이 지나자 대학원에서도 직장에서도 무언가를 충분히 해낼 여유가 생겼다. 하지만 마음 한구석이 무거웠다. 그들의 압박이 도리어 좋은 결과를 만들었다는 것을 받아들이지 못해서일까? 그들의 방식이 정당하다는 것을 증명하는 것 같아 두렵기 때문일까? 나는 이러한 혼란 속에서 제대로 된 정답을 찾지 못한 채 그저 '압박감'이라는 채찍질에 순응하며 쳇바퀴 도는 삶을 이어 갔다.

20대를 졸업한 후 진로의 방향을 바꾸었고, 프리랜서로 일하면서 '압박감 트라우마'에서 꽤 자유로워진 삶을 살았다. 하지만 결혼을 하고 아이를 낳은 후 플레처 교수가 다시 나를 찾아왔다. 아이와 함께 있는 동안 그는 구석에 앉아 팔짱을 끼고 나를 지켜보며 말했다.

"아이에게 먹일 이유식을 감히 사 먹인다고? 제정신이야?"
"아이가 왜 늦게 자는지 아직 알아내지 못했어?"
"아이가 책을 읽지 않는 것도, 말을 늦게 하는 것도 엄마의 노력이 부족해서야!"
"그래! 넌 정말 빵점짜리 엄마야! 엄마 될 자격이 없어!"

이번에 찾아온 플레처 교수는 좋은 엄마가 되고자 했지만 뜻대로 되지 않던 나 자신이었다. 완벽하고 좋은 엄마가 되고자 하는 욕심이 만들어낸 플레처 교수가 나에게 으름장을 놓으며 압박했다. 나는 좋은 엄마가 되고 싶었다. 하지만 아이는 유독 예민했고, 조그마한 자극에도 크게 반응했다. 그러다 보니 아이가 완벽하길 바라는 나에게 육아가 버겁고 힘들 수밖에 없었다.

어쩌면 내가 살아오는 동안 압박감을 주었던 사람들의 잘못이 아닐지도 모른다. 그들의 기대를 만족시키지 못할까 봐, 실망시킬까 봐 눈치 보고 두려워했던 내 마음에서부터 첫 단추를 잘못 끼웠을 수도 있다. 그래서 지금은 독서와 글쓰기를 통해 '압박감'이라는 나의 오래된 두려움을 떨쳐내려고 노력하고 있다. 하지만 아이가 아프거나 문제 행동을 하게 되면 다시 플레처 교수가 와서 속삭인다.

"그 정도밖에 못 해? 더 잘할 수 있잖아?"

인생에서 늦은 때란 없다

'대학원까지 나왔으면서 고작 애 돌보는 일이나 하겠다고?'
'차라리 공무원 시험 준비를 해! 4년이라는 긴 시간 동안 어떻게 또 대학을 다녀?'
'첫돌도 안 된 애를 보는 것도 벅찬데, 언제 공부해?'

출산 후 모유 수유를 끝내고, 방송통신대학교 유아교육학과에 들어가기로 마음먹었다. 가족을 비롯한 주변 사람들이 나의 결정에 많이 반대했다. 하지만 누구도 내 고집을 꺾지 못했고, 결국 방송통신대학교 유아교육학과에 입학했다.

학과 첫 수업 날, '나 혼자 외로운 길을 가고 있구나'라는 생각에 한껏 기죽은 발걸음으로 교실을 향했다. 하지만 이런 생각은 착각이었다. 손주를 봤음에도 불구하고 공부를 시작한 어르신, 타지에서 기차를 타고 수업을 들으러 온 대학생 아들을 둔 어머님, 모유 수유 중인 삼 남매 엄마 등 교실에는 수많은 '엄마'가 고군분투하며 공부하고 있었다. 이들 덕분에 좀 더 자신감을 얻을 수 있었고, 학업에 대한 의욕을 다시금 불태울 수 있었다.

물론 육아하면서 공부를 병행하는 것은 쉽지 않은 일이었다.

칭얼대는 아이를 겨우 낮잠 재우고 숨죽여 가며 동영상 강의를 시청했다. 운이 좋지 않은 날에는 큰 소리로 우는 아이를 등에 업고 달래며 강의를 듣기도 했다. 시험 기간에 코피를 쏟기도 하고, 걷다가 어지럼증으로 휘청거리기도 했다. 자정이 넘어서야 잠든 아이와 집안일로 인해 밀린 공부를 한꺼번에 하느라 꼬박 밤을 새우는 날이 많았기 때문이다. 하지만 마음은 육아만 할 때보다 훨씬 더 충만하고, 일상생활에서도 활기 넘칠 때가 많았다.

첫 학기 성적이 나오고, 소액의 장학금을 받게 되었을 때는 무언가를 이루었다는 성취감에 기뻤고, 자존감도 한껏 높아지는 것 같았다. 그리고 어느덧 3학년이 되었고, 어린이집 현장 실습도 나가게 되었다. 어린이집 실습을 하다가 기절한 사람도 있다는 소문처럼 어린이집에서 보육 보조를 하며 잡무를 도맡아 하는 것은 녹록지 않았다. 하지만 그러면서도 내가 가야 할 길이라는 것을 재차 확신하게 되었다.

문제 행동을 자주 일삼던 유아에게 손을 깨물려 흉터가 남기도 했고, 울음을 멈추지 않는 영아를 달래기 위해 허리가 아프도록 아이를 안고 원내를 빙빙 돌기도 했다. 아이들이 낮잠 자는 시간에는 생일 및 기념일 행사 관련 교구를 제작하느라 정신이 없었고, 그 와중에 일찍 깨어난 아이들도 챙겨야 했다. 그럼에도 아이들과 함께한 시간이 참 행복했다. 아이들의 숨넘어가는 웃음소리, 고사리 같은 손의 따스한 온기, 정수리에서 나는 특유의 땀 냄새까지 너무나 사랑스러웠다.

76살에 붓을 들어 세계적인 화가가 된 모지스 할머니는 이렇게 말했다.

"사람들은 내게 이미 늦었다고 말하곤 했어요. 하지만 지금이 가장 고마워해야 할 시간이라고 생각해요. 무엇인가를 진정으로 꿈꾸는 사람에겐 바로 지금 이 순간이 가장 젊은 때거든요. 시작하기에 딱 좋은 때 말이에요."

우리나라를 대표하는 작가 중 한 명인 고 박완서 작가는 줄곧 전업주부로 살다가 마흔에 글을 써서 등단했다.

이들은 꿈을 시작하는 것은 나이와 전혀 상관없다는 것을 보여 준다. 나 또한 꿈은 적절한 시기와 조건이 아닌 자신의 의지에 따라 이룰 수 있다고 믿기에 지금껏 새로운 길을 가는 것에 물러서지 않았다. 졸업하면 유치원 교사 임용 시험에도 도전해 볼 생각이다.

'꿈꾸는 자의 인생은 늦지 않았다'라는 사실을 몸소 증명하고 싶다. 아무도 응원해 주지 않았던 나의 꿈을 스스로 응원해 본다.

누군가의 무지개가 되는 법

"누군가의 구름 위로 떠오르는 무지개가 되어라."

세계적인 방송인 오프라 윈프리가 롤모델로 삼는 시인이자 소설가 마야 안젤루는 이렇게 말했다. 불우한 어린 시절을 보냈지만, 이제는 모든 사람의 귀감이 되는 그녀가 세상을 살아가는 방법에 관해 질문을 받았다. 그러자 그녀는 다른 사람들을 도우며 살면 그 질문에 대한 답이 나온다고 말했다.

당시에는 이 말이 무슨 뜻인지 몰랐다. 그저 좋은 일 많이 하며 착하게 살라는 말로 이해했다. 하지만 임신과 출산, 육아를 하면서 마야 안젤루가 한 말의 진정한 의미를 알게 되었다. 그녀는 자신의 '덕'으로 사는 것보다 남의 '덕'으로 살아갈 때가 더 많았다는 것을 말하고 싶었던 것이다.

임신으로 몸이 무거운 나를 위해 자리 양보해 주던 타인.
위험천만한 찻길로 뛰어드는 아이를 안아서 구해 주었던 이웃.

이처럼 다른 사람의 따스한 마음과 손길을 자주 빌리곤 했다. 살면서 사람 간의 선의와 배려의 행동에 무한한 감사함을 느꼈고, 또한 누군가에게 도움을 주는 사람이 되고자 다짐했다.

하지만 아직도 엄마 품을 찾는 아이를 보살펴야 하는 상황에서 나는 무엇을 할 수 있을까?

과연 다른 사람들에게 도움이 되어 줄 수 있을까?

고민 끝에 미약하나마 친절과 배려를 성실히 실천해 보기로 마음먹었다.

나는 타인에게 '수박 겉핥기'식의 친절이 아니라, 진심 어린 호의를 보이는 것이 진정한 '친절'이라고 생각한다. 개인주의가 팽배해진 요즘, 우리 사회에 가장 필요한 것이 아닐까 싶다.

그래서 먼저 가까운 이웃들에게 환한 얼굴로 인사하는 것부터 시작했다. 또한 자주 얼굴을 보는 택배 기사님이 보도록 '오늘도 힘내세요'라는 메시지를 현관문에 붙여 두고, 가끔 음료수를 건네기도 했다. 작은 친절은 어렵지 않게 사람들에게 작은 미소를 띠게 했다.

무엇보다도 주변 사람들에게 더 큰 친절을 받게 되었고, 사이도 더 돈독해졌다.

'택배가 냉동식품인 것 같아 경비실 냉장고에 보관해 뒀습니다'라는 택배 기사님의 문자 메시지에서 세심한 배려를 느끼기도 했고, 아래층에 사는 이웃과 많이 친해져서 부침개를 서로 주고받으며 정을 나누기도 했다.

배려는 어려움을 겪는 사람들과 더 나은 세상을 위해 손해를 감수하는 것이라고 생각한다.

하루에 한 잔씩 마시던 커피값을 아껴 방글라데시에서 의사가 되고 싶다는 아이를 매달 3만 원씩 후원하고 있다. 야위었던 아이가 포동포동 살이 오른 채 활짝 웃는 모습을 편지에 동봉된 사진을 통해 확인할 때마다 마음이 기쁨으로 충만해진다.

가끔 주말 아침에 동네 공원에서 가족들과 함께 '플로깅(Plogging)'에도 도전해 보았다. 처음에는 사람들이 유모차를 끌며 쓰레기 줍는 것을 이상하게 쳐다보았다. 하지만 시간이 지나면서 좋은 일 한다고 격려해 주고 쓰레기봉투를 주기도 했다.

티끌만 한 '선행'을 실천했을 뿐인데, 기쁘고 행복한 일이 두 배가 되어 돌아오는 것 같았다. '이타적인 행동은 곧 나를 위한 것이기도 하다'라는 뭇 성현들의 말씀을 조금이나마 깨닫게 되었다.

사람들의 작은 선의와 배려 깊은 행동이 점점 모이면, 모두 함께 구름 위로 떠오르는 무지개를 보며 기뻐할 수 있으리라 믿는다.

인생은 책 한 권이다

"담쟁이덩굴 잎사귀가 모두 떨어지면 나도 이제 끝이겠지?"

담장에 있는 담쟁이덩굴의 마지막 남은 잎사귀를 보고 절망의 구렁텅이에 빠져 허우적대는 『마지막 잎새』의 주인공 존시는 나의 '그림자'다. 나도 존시처럼 고난과 역경을 이겨 내려는 노력은 하지 않고, 오히려 절망의 늪으로 한없이 빠져들 때가 있다. 부모님과의 갈등, 진로 변경, 육아 스트레스 등의 위기 앞에서 필요 이상으로 힘들어하고 수시로 자기 연민에 휩싸였다. 그럴 때마다 주변 사람들은 눈과 귀를 막은 채 땅굴로 파고드는 나의 모습이 위태롭게 느껴져 매번 크게 걱정했다.

특히 극심한 육아 스트레스와 더불어 코로나 사태가 겹치면서 나는 벼랑 끝에 서 있었다. 이 때문에 가족들도 조마조마한 마음으로 나를 지켜봐야만 했다. 하지만 다행히 그 상태에 오래 머무르지 않았다. 내 안의 '빛'이라 할 수 있는 『빨간 머리 앤』의 앤을 불러들였기 때문이다.

고아원에서 보낸 불우한 어린 시절도 마음속 상처도 엉뚱한 상상력으로 통통 튕겨내는, 그야말로 회복 탄력성이 뛰어난 앤.

앤은 내 안의 존시를 구원하기 위해 마지막 잎사귀 대신 찬란한 태양을 그리며 말했다.

“거친 폭풍 속에서 너를 구할 사람은 너 자신뿐이야. 이제 일어나, 이 응석꾸러기야!”

앤의 말에 정신을 차리고 다시 일어섰다. 그리고 앤이 그랬듯이 책을 읽고, 글을 쓰면서 혼란 한가운데 있던 내 마음을 추슬렀다. 이렇듯 내 안의 ‘빛’과 ‘그림자’인 존시와 앤을 힘껏 끌어안고 여태까지 살아왔다.

누군가 말했다. ‘인생은 책 한 권과 같다’라고.

나 또한 어떤 날은 존시의 이야기를, 또 어떤 날은 앤의 이야기를 써 내려가면서 이제 겨우 인생의 36페이지까지 왔다. 아직 긴장감을 조이는 절정도, 해피엔딩 또는 새드엔딩도 한참 멀었다.

하지만 앞으로는 인생의 페이지마다 ‘나다움’을 짊어지고 꿋꿋하게 나아갈 예정이다. 그렇게 살다 보면 인생의 맨 마지막 장을 덮는 순간, 그토록 내가 알고 싶었던 인생의 수많은 질문에 대한 해답과 ‘나’에 대한 깨달음을 진정으로 알 수 있으리라 믿는다.

“속아도 꿈결, 속여도 꿈결, 굽이굽이 뜨내기 세상 그늘진 세상에 불 질러 버려라.”

천재 작가 이상의 작품 〈봉별기〉의 마지막 구절로, 사람들은 입을 모아 이 작품의 백미(白眉)라고 말한다. 우리네 인생도 그렇지 않을까? 인생에 대한 지나친 불안과 걱정 대신 '현재'라는 순간을 즐기며 살다 보면 언젠가 인생의 '백미'를 마주하리라 생각한다.

에필로그

"저 똥고집, 누굴 닮아서 저럴까?"

나는 사람들이 보편적으로 선호하는 삶의 지름길을 택하는 것이 내키지 않았다. 그래서 가족을 비롯한 주변 사람들의 조언을 듣기보다 내 마음의 신호를 더 따랐던 것 같다. 엄마는 이런 나를 두고 '똥고집'을 부려 실속을 못 챙기고 길을 엇나간다고 말씀하셨다.

수많은 사람이 그러하듯이 취업 잘 되는 대학을 나와 좋은 직장에서 일하는 것 같은 목표를 두고 열심히 달려왔다면 내 삶은 어땠을까? 지금보다 삶이 더 안정적이고, 경제적으로도 풍요로웠을 것으로 생각한다. 그러나 내가 진정으로 원하는 선택으로 이룬 과정이 아니기에 결코 행복하다고 할 수 없을 것이다.

누군가가 어떻게 하면 행복한 삶을 살 수 있느냐고 묻는다면 '나다운 삶'을 살아야 참된 행복을 얻을 수 있다고 말할 것이다. '나다운 삶'이란 자신을 제대로 알고, 자신만의 길을 찾는 것이라 생각하기 때문이다. 이처럼 진정으로 행복해지기 위해 여태껏 나만의 방식으로, 나의 길을 찾으려고 노력했다. 때론 삶의 나침반이 가시밭길을 가리켜도 나의 소신과 내면의 목소리에 귀를 기울이며 한 걸음 두 걸음 앞으로 나아갔다.

종지만 한 마음 그릇에 심지조차 약한 나는 인생의 갈피를 잡지 못해 방황하기도 하고, 힘든 고비를 넘기기 버거워 사람들이 만든 편안한 아스팔트 대로를 기웃거리기도 했다. 하지만 언제나 마지막에 선택하는 것은 사람이 겨우 지나갈 만한 비좁은 길, 험하지만 따스한 햇살과 푸른 담쟁이덩굴이 아름다운 고샅길이었다. 그렇게 살다가 인생 제2막, 결혼과 출산 그리고 육아를 하면서 우울증을 앓았다. 그 당시 내 마음속 무언가가 서서히 무너지는 것을 느꼈다. 아이를 너무나도 사랑하지만, 내가 아닌 '엄마'라는 대명사의 그늘에 묻혀 버리는 것이 너무나도 서글펐고 두려웠던 것 같다.

나를 증명하고 잊지 않기 위해서 발버둥을 쳤다. 아이의 낮잠 시간에 책을 읽고, 짧은 글을 썼다. 육아와 집안일을 마무리하고, 새벽까지 공부했다. 아이가 어린이집에 가게 되자 본격적으로 글도 더 많이 쓰고, 일도 틈틈이 했다. 뭐든지 열심히만 하면 다 잘될 것으로 생각하며 끝없이 달려갔다.

하지만 이러한 내 생각은 반은 맞고, 나머지 반은 틀린 것 같다. 매일 책을 읽으면서 세상을 보는 시야와 내면이 확장되는 것을 느꼈고, 글을 쓰면서 내 마음의 아픔을 스스로 치유할 수 있었다. 그리고 꾸준히 공부하면서 새로운 꿈을 이룰 희망을 발견했다. 그러나 '쉼'을 잊고 무리한 생활을 유지했던 탓에 크나큰 대가를 치러야 했다.

이른 아침부터 늦은 밤까지 이어지는 고된 육아와 집안일을 끝내고 공부를 시작하려면 1리터의 커피를 내 몸속에 들이부어야 했다. 그리고 스트레스와 우울증으로 인한 감정의 동요를 일시적으로나마 잠재우기 위해 신경 안정제를 수시로 복용해야 했다. 이처럼 정신 및 육체를 너무나 혹사한 나머지 강박증을 비롯한 각종 스트레스에 시달렸고, 결국에는 갑상샘암이라는 큰 병을 앓게 되었다.

'인생 뭐 별거 있나. 달콤한 추억 하나면 되지'라고 개똥철학을 읊어대던 20대 후반의 나는 어느새 30대 후반이 되어 예전과 다른 모습으로 다시 인생을 이야기하고 있다.

지금까지의 내 인생을 요약하자면, 비상을 꿈꾸는 갈매기와 같다. 인생의 관문마다 쉬이 통과하지 못하고 추락과 실패를 수없이 겪어야 했다. 그래서 마음의 상처를 안고 비틀거리며 방황하기도 했다. 그러다가 진정으로 날고 싶다는 절규의 날갯짓으로 날아오르다가 희망과 깨달음의 등대에 잠깐 기대어 숨을 고르고 있다.

그렇게 나는 '김민정'이라는 한 사람으로서, 엄마로서 한 뼘 더 성장하고 있다.

무엇보다도 예민한 아이 엄마의 긴 넋두리로 보일까 봐 혼자서 글쓰기를 하다가 공저를 결심하게 된 까닭은 나와 비슷한 처지에 있는 사람들과 공감하고 위로를 나누고 싶었기 때문이었다.

엄마가 되었지만, 엄마가 되어 가는 것이 불현듯 슬퍼질 때

엄마도, 엄마가 되기 전의 자신도 놓지 못해 혼란스러울 때

내가 쓴 글이 누군가에게 조금이나마 마음속 작은 안식처가 되면 좋겠다.

삶은 모험이다.
살 수 있는 동안 열심히 살아라.
오늘은 결코 다시 오지 않으며
내일은 오직 한 번 올 뿐이고
어제는 영원히 가버린 상태다.
현명하게 선택하고
당신이 만들어낸 모험을 만끽해라.

앤드류 카네기

Andrew Carnegie

7월에 핀 목련

이숲

출근하다 바라본 현관 거울 속 내가 꽤 예뻤다.
직장의 거울 속에는 달라진 얼굴이 있었다.
어디에 있든 두 발을 넓게 딛고 담담하게 살자.
simple_joy@naver.com

프롤로그

검둥이의 사랑
나의 탐구 실험
그리움! 회복할 수 있을까?
꼴랑
깨진 항아리에 물을 담는 법
칼랑코에의 상식으로
말에 대한 단상
안 돼!
아하!
정치적인 인간

에필로그

프롤로그

"무슨 일 하세요?"
"행복한 교사."

직업을 묻는 말에 '행복한'이란 수식어를 붙일 정도로 가르치는 일을 좋아했다. 승진에는 별 관심이 없었다. 때로 승진에 유리한 일을 피하기까지 했는데도 어느새 점수가 제법 높았다. 버리기에는 아까운 점수였다. 그럼에도 승진 의지가 약해 아침에는 '승진한다', 저녁엔 '하지 않는다'며 오락가락했다. 집에서 먼 달성군으로 전근을 가 승진 점수를 더 높여야 했던 것도 오락가락하는 요인 중 하나였다. 달성군에는 '구지'라는 동네가 있다. 교사들 사이에는 '굳이 구지로 가야 할까?'라는 말이 있다. 먼 출퇴근이 부담스럽다는 표현이다. 나도 '굳이 구지'를 되새김하다가 느지막하게 달성군으로 전근 갔다.

출근 첫날!
팔공산 자락에서 출발한 길은 달려도 달려도 끝날 기미가 안 보였다. 드디어 달성터널 진입. 어두컴컴한 터널은 절로 운전대를 꽉 쥐게 했다. 긴장한 탓인지 오래전 일어났던 달성터널 화재가 느닷없이 떠올랐다. 검은 연기와 분진, 불길이 쏟아져 나오던 그 장면이 재현될 것만 같아 진땀이 났다. 갇힌 공간이라 차량 소음이 더 크게 울렸다. 초행길에 서툰 운전, 그리고 무려 1km나 되는 터널 길이는 공포를 증폭시켰다.

터널 출구, 쏟아지는 햇살을 찌푸린 눈으로 가리는데 그 틈으로 새어드는 한 가지 생각이 있었다.

"너는 아무리 어리다고 해도 어떻게 한 번도 의심하지 않았어?"

북한 사람을 빨간 얼굴에 뿔이 난 늑대 모습으로 철석같이 믿었던 초등학교 시절이 떠올랐다. '얼굴이 늑대 같은 사람이 있을까?' 하며 한 번도 의심하지 않았다. 부모님에게도 친구에게도 물어본 적이 없다. 선생님의 말씀이라 그냥 믿었다. 학교 운동장에서 한 바퀴 돌면 사방으로 산밖에 보이지 않는 첩첩산중에 살았다 해도 그때의 내가 이해되지 않았다. 어린아이라 해도 그때의 내가 이해되지 않았다. 어떻게 사람이 늑대의 모습일 수 있느냐 말이다.

달성터널 통과는 갇혀 있던 나의 일부를 동굴 밖으로 이끌었다. 사람이 늑대를 닮았다는 어마어마한 거짓말을 한 번도 의심한 적 없다는 그 사실. 의심이 없으면 평온하다. 하지만 나도 없다. 귀밑머리 솜털은 가느다란 실바람에도 반응하지 않는가? 지금도 다양한 바람이 불어온다. 늦었지만 때로는 의심으로, 때로는 설득으로, 싸움으로, 용납으로 그 바람을 맞는다.

푸른 잎이 무성한 7월에
담담하게 꽃 피우는 목련처럼.

검둥이의 사랑

시골집 대문 앞 호두나무 아래에 개 한 마리가 묶여 있다. 그 개도 종(種)이 있을 텐데 우리 집에 온 개는 모두 똥개다. 똥개라서가 아니라 똥개 취급을 해서 똥개가 된 것 같다. 그래서 늘 마음이 아프다. 그 개는 한 번도 목줄을 풀고 산책해 본 적이 없다. 이전의 개도, 그 이전의 개도 줄 길이 100cm 밖으로 가 보지 못했다.

초등학교 때 동네 반 바퀴를 개에게 쫓긴 적이 있다. 그 후 개는 곧 '무섭다'와 같은 말이 되어 버렸다. 두려움을 없애려고 노력도 했다. 산책길에 주인의 허락을 얻은 뒤 조심스럽게 등을 쓰다듬어 보기도 했다.

문제 행동을 하는 개를 관찰한 후 개가 아닌 주인의 훈육 방식을 바꾸는 반려견 행동 치유프로그램인 〈세상에 나쁜 개는 없다〉를 보며 개에 대한 이해를 넓히려고도 했다. 이 프로그램을 시청하기 전까지는 품종이 뭐든, 역할이 뭐든 '무서운 개' 한 종류뿐이었다. 그러나 시간이 지나자 다르게 분류되기 시작했다. 불안을 느끼는 개, 그리움을 느끼는 개, 두려움을 느끼는 개…. 개들도 사람처럼 감정이 있어 상처를 받고 또 두려워하기도 했다. 그렇다고 내 두려움이 사라지지는 않았다.

시골에 갈 때마다 '오늘은 가까이 다가가 쓰다듬어 줘야지' 하고 늘 결심하지만, 지금까지 멀뚱히 바라보기만 한다. 가까이 다가가는 것조차 힘들어 개밥도 주지 못한다.

대구로 내려오려면 차를 돌려야 하는데 마땅한 장소가 호두나무 아래뿐이다. 조심스럽게 후진을 하지만 그 녀석이 내 마음을 알 리 없다. 두려움에 파르르 떨며 뒤로 뒤로 뒷걸음질해 개집과 돌담 사이에 몸을 숨긴다. 얼마나 불안했던지 심지어 발기까지 한다. 눈물이 핑 돈다. 하지만 여전히 미안함보다 두려움이 크다. 다가가 쓰다듬지도, 산책도 목욕도 시켜주지 못해 차라리 개가 없었으면 싶었다.

"엄마, 개 안 키우면 안 돼?"
"아버지, 들에 가실 때 개 좀 데려가세요."

나 대신 사랑해 주기를 부탁드렸지만, 그 어떤 개도 묶인 줄을 풀지 못했다. 그런데 한 녀석이 그 줄을 풀었다. 검둥이였다. 누군가 풀어 준 것이 아니다. 사각 시멘트 기둥에 묶여 있던 목줄이 시멘트 모서리에 쓸려 끊어진 것이다.

검둥이는 날렵한 몸만큼이나 생기 있게 뛰어다녔다. 아버지가 장에 갔다가 돌아오실 무렵이면 동네 아래로 쏜살같이 뛰어갔다가 팔랑개비처럼 이리 뛰고 저리 뛰며 올라왔다. 그러고는 호두나무 아래서 아버지만 쳐다봤다. 아버지가 밭에 갈 준비를 하면 먼저 나와 촐랑거렸다. 멀지 않은 밭까지 가는 동안에도 저 앞까지 뛰어갔다가 돌아오기를 반복했다. 마치 요

요처럼. 그렇게 어쩔 줄 몰라 하며 밭까지 갔다. 그러고는 숲에 엎드려 한 점 아버지만 응시했다. 집으로 돌아올 때도 마찬가지다. 앞으로 갔다가 돌아왔다가 또 갔다가 돌아오며 늙은 아버지가 사랑스러워 미칠 것 같은 몸짓을 하곤 했다.

검둥이를 생각하면 지금도 눈물이 핑 돈다. 녀석은 아주 어렸을 때 우리 집에 왔다. 그때부터 묶인 채 밥을 먹고, 묶인 채 자고, 묶인 채 봄·여름·가을·겨울을 보냈다. 한 번 제대로 씻지도 못했다. 누구도 '너 예쁘다'라며 쓰다듬어 주는 사람이 없었다. 누구 한 사람 안아 주지도 않았다. 그래서 그 녀석은 안기는 것이 무엇인지, 쓰다듬어 줄 때는 어떤 느낌인지 모른다. 줄이 끊겨 마구 돌아다니자 개를 묶어 두라는 동네 민원이 있었다. 검둥이를 묶으려면 그 녀석을 잡아야 했다. 웃으며 두 팔을 벌려 안으려 해도 그것이 무슨 의미인지 모르는 검둥이는 풀쩍풀쩍 뛰기만 했다. 잡으려고 하면 위협으로 느껴 요란하게 짖었다. 자기가 그토록 사랑한 아버지에게도 다가가지 못했다. 어쩔 수 없이 개장수를 불러 검둥이를 잡을 수밖에 없었다. 검둥이는 그렇게 팔려 갔다. 개장수가 떠나면서 남긴 한마디가 아직도 생생하다.

"어르신, 개를 키우시려면 좀 안아 주고 쓰다듬어 줘야 합니다."

호두나무 아래 또 다른 개가 있다. 복순이다. 이름이 있다는 것과 시멘트 기둥에 줄이 쓸려 끊어지지 않도록 쇠줄로 바꾼 것 외에 달라진 것은 없다.

마음만 아파하고 행동하지 못한, 아니 행동하지 않은 나는 뭘까?

바라보기만 했다. 다가가 쓰다듬어 줬더라면 털의 부드러움과 함께 느껴질 따뜻한 온기, 그 녀석도 내 온기를 느끼며 은근히 기대어 왔겠지. 하지만 두려움에 묶여 있던 나와 녀석 사이에 그러한 접점은 없었다. 검둥이는 자신이 그렇게 사랑한 아버지를 두고 떠나갔다. 얼마나 쓸쓸했을까?

검둥이를 대하는 것처럼 사람과의 관계도 그런 것 같다. 두려움 탓인 것 같은데 두려움이라고 표현하고 싶지는 않다. 다가가는 것을 지나치게 조심한다. 누군가 상(喪)을 당하면 위로 문자 보낼 타이밍을 자주 놓쳐 예의까지 놓치기 일쑤다.

'마음이 힘들 텐데 문자가 오히려 방해되지 않을까?'
'지금은 모든 것을 잊고 그저 쉬고 싶을 텐데.'

그러다 보면 애도 기간이 끝나 버린다. 그사이 내가 얼마나 마음을 썼는지 아무도 모른다. 누군가를 좋아할 때도 마찬가지다.

'누가 나를 쇠줄에 묶었지?'

나의 탐구 실험

어떤 것에든 무던해 특별한 취향이 없다. 고등학교 때 짝꿍은 조용필을 미치도록 좋아했다. 짝꿍의 이름은 양자였다. 좋아하는 노래만 들으면 되지 만날 수도 없는데 뭘 그렇게까지 가슴을 졸이는지 도대체 이해가 안 되었다. 늘 찾아가는 맛집도 없다. 푹 빠진 운동도 없다. 그러다 보니 내가 친구를 끌어당겨 뭘 같이 한 적이 거의 없다. 친구가 가자고 했을 때 특별히 싫지 않으면 그냥 따라가는 스타일이었다.

어느 날, 도대체 '나'라는 사람은 어떤 사람인지 알고 싶어졌다. 스테이크를 주문하면 고기를 익히는 정도까지 맞춰 주는데 나는 나에게 섬세하게 맞췄는가? 어떤 일을 할때 나를 설득하기 위해 근거를 2~3개라도 주었는가? 아니었다. 녹즙기에 채소를 쑤셔 넣듯 거칠게 대했다. 나 자신을 알고 상황에 알맞게 섬세하게 대하고 싶었다. 커피부터 시작하기로 했다. 향도 맛도 잘 느끼지 못하면서 매일 마시는 나를 이해하기 위해서였다.

커피는 첫 발령을 받고부터 마시기 시작했다. 수업이 끝난 후 잔잔한 음악까지 준비해 놓고 함께할 친구를 기다렸다. 커피, 프림, 설탕을 1.5 : 2 : 1, 때로는 2 : 3 : 2로 농도를 달리하며 마셨다. 찻잔에서 전해오는 그윽한 향을 느끼며 천천히 젓다가 향에 대한 감탄과 또 하루 동안 있었던 일을 작은 목소리로 간간이 나누며 마셨다. 한 모금 마신 뒤 우리는 꼭 마주 보며 미소를 지었다. 입안에 맴도는 향을 미소로 전한 뒤 다시 천천히 마시곤 했다. 그땐 그랬다.

언제부턴가 커피 마시는 것이 습관이 되어 버렸다. 그 습관은 눈을 뻑뻑하게 만들었다. 이상하게 커피의 자극이 눈으로 왔다. 눈을 비빌 때마다 내일은 안 마셔야지 하고선 지금까지 내일이다.

끊지 못하면 '제대로 즐기자' 싶어 방법을 바꾸기로 했다. 동네 커피집에서 원두를 구해 한 종류를 깊이 음미하기로 했다. 에티오피아산 예가체프부터 시작했다. 한 달 정도 즐긴 후 다른 종류로 넘어갈 생각이었다. 원두를 분쇄할 때도, 드립(drip)할 때도, 향을 각인시키려 꽤 애를 썼지만 도대체가 좋아지지 않았다. 이것보다 저것을 좋아한다는 것은 비교를 통해서 알 수 있는데 비교할 대상조차 만들지 못하고 그만둬 버렸다. 그럼에도 커피를 갈고 물을 내리는 그 여유가 좋아 집에서는 원두를 갈아 마시지 커피믹스는 마시지 않았다. 커피에 대한 나의 자존심이기도 했다. 그런데 학교에서는 좋은 더치커피가 있어도 어떠한 갈등 없이 커피믹스에 손이 갔다. 그 시절 대표 커피믹스는 연아가 광고하는 맥심 화이트골드, 나영이의 맥심 모카골드, 태희의 프렌치카페였다.

제일 먼저 마시기 시작한 커피믹스는 다이어트까지 생각한 맥심 화이트골드였다. 학교에서도 주로 그것을 사 두었다. 그때 나에게는 그것만이 제대로 된 커피였다. 적어도 나한테는. 공립학교는 4년마다 학교를 이동하는데, 전근 간 학교에서는 맥심 모카골드를 마시고 있었다. 학교를 이동한 후 첫 서너 달은 우리 학교가 아닌 듯한 이질감에 웬만하면 벙어리인 듯 지냈다. 어쩔 수 없이 그 커피를 마셨다. '어떻게 이걸 마실 수 있냐'며 속으로 투덜거리는 사이 놀랍게도 적응해 버렸다. 그때는 적응이 아니고 '맛이 좋아' 좋아하게 된 줄 알았다. 일곱 번 학교를 옮겨 다녔지만 주로 맥심 모카골드였다.

그 어떤 학교에도 태희가 광고하는 프렌치카페는 없었다. 동네 부동산 사무실, 미용실, 식당에서도 주로 맥심 모카골드였다. 그러다 보니 슈퍼마켓에 진열된 프렌치카페 커피믹스가 생경했다. '누군가는 저 믹스를 마시나 봐?'

놀랍게도 지금 학교에서는 프렌치카페를 마시고 있었다. 갓 전근해 온 사람이라 굴러온 돌이다. 조신해야 하는 벙어리 기간이 지나면 맥심 모카골드도 구매하자고 말할 생각이었다. 그런데 3개월이 지나기 전에 프렌치카페가 좋아졌다. 문득 의문이 들었다. 이 커피를 좋아하는 것이 아니라 어떤 커피든 잘 적응하는 사람이 아닐까 하는.

믹스커피 중 가장 좋아하는 것이 뭔지 실험해 보기로 했다. 경건한 작업이었다. 세 종류의 커피를 모두 탔다. 물을 끓여 한 김 식힌 후 물 양도 똑같이 부었다. 천천히 한 모금 한 모금 입안에서 굴리며 마셨다. 맥심 화이트모카는 프림 맛이 두드러졌고, 맥심 모카골드는 약간 연했다. 프렌치카페는 프림 맛이 드러나는 것도 아니고 심심하지도 않은 개성 있는 맛이랄까? 프렌치카페가 가장 좋았다. 하지만 이건 최근 적응된 커피가 아닌가? 평가의 객관성을 보장할 수 없었다. 그날 나는 나름 진지하게 이것도 '적응'이라는 결론을 내렸다.

커피에 관한 탐구는 성공적이지 못했다. 그렇다고 실패도 아니었다. 탐구가 진행될수록 커피에서 나에게로 초점이 옮겨지면서 맛을 느끼는 나를 바라보기 시작했다. 사실 카페에서는 상황이 어떠하든 카푸치노만 주문할 정도로 익숙한 것만 즐겼다. 습관에서 벗어나 커피를 음미하다 보니 다른 맛에 대해서도 미각이 깨어나기 시작했다. 이것은 좋고 저것은 싫다가 아니라, 각자 고유한 맛과 향으로 다가가는 중이다.

그리움! 회복할 수 있을까?

우리 집은 딸만 넷이다. 언니와 막내는 열두 살 차이가 난다. 막내는 언니보다 부모님을 12년이나 적게 볼 수밖에 없다며 늘 속상해한다. 아직 수험생 자녀가 있음에도 12년을 채우려는 듯 시골집에 자주 간다. 둘째인 나는 막내보다는 부모님을 오래 봐서 그런지 무심하다. 지나치다 싶을 정도로 무심한 편이다. 엄마가 밭을 매다가 뱀에 물렸을 때조차 몰랐다. 가족이 모일 때면 가끔 그 일을 떠올린다. 마치 그 사고가 지금 일어난 일인 듯 흥분하며 이야기해도 함께하지 않았던 나는 할 말이 없다. 부끄러워 쥐구멍을 찾다가도 시골집을 떠나는 순간 까맣게 잊어버린다.

부모님과 네 자매가 여행을 간 적이 있다. 막내 회사에서 주최한 테마 여행이었다. 우리 가족은 6명인데도 욕실과 방이 하나뿐인 숙소를 배정받았다. 이부자리를 펼 때였다. 막내 빼고 누구도 엄마 옆자리를 탐내지 않았다. 그런데 막내는 우리한테 그 자리를 빼앗기지 않으려는 듯 외쳤다.

"엄마 옆에 나!"

저 혼자 탐하고 저 혼자 이겼는데도 마치 모두를 이긴 듯 기뻐했다.

"야가, 와 이라노."

엄마도 막내딸에게 안겨 환하게 웃었다. 우리도 엄마를 좋아한다. 하지만 잠잘 때는 좋아하는 것과 상관없이 널찍한 공간을 원했다. 두 사람은 한동안 속살거렸다. 막내가 그러하듯 막내에 대한 엄마의 사랑도 극진하다.

아직도 시골집에서 김장한다. 김장하는 날 언니와 내가 아침 9시 넘어 집에 도착한 적이 있다. 엄마는 일이 많은데 늦게 왔다고 한소리를 하셨다. 막내는 그때까지도 오지 않았다. 11시가 되어갈 무렵 대문을 들어서며 엄마를 부르는 막내 목소리가 들렸다.

"엄마!"

허리 아픈 사람이 맞나 싶을 정도로 엄마는 버선발로 뛰어나가셨다.

"아는 우짜고 이렇게 일찍 오냐!"

말도 안 되는 해석에 언니와 나는 눈만 끔벅거리며 웃을 뿐이었다. 막내가 엄마를 그렇게 사랑하고 그리워하니 엄마 역시 그러한가 보다. 옛날에는 나도 막내처럼 그랬는데, 그때의 그리움을 회복할 수 있을까?

기형도 시인의 〈엄마 걱정〉이라는 시다.

엄마 걱정

기형도

열무 삼십 단을 이고
시장에 간 우리 엄마
안 오시네, 해는 시든 지 오래
나는 찬밥처럼 방에 담겨
아무리 천천히 숙제를 해도
엄마 안 오시네, 배추잎 같은 발소리 타박타박
안 들리네, 어둡고 무서워
금 간 창틈으로 고요히 빗소리
빈 방에 혼자 엎드려 훌쩍거리던

아주 먼 옛날
지금도 내 눈시울을 뜨겁게 하는
그 시절, 내 유년의 윗목

시 속의 아이는 숙제를 하며 장에 간 엄마를 기다린다. 해가 졌는데 온종일 고단했을 엄마는 오지 않는다. 비까지 내리니 기다림이 더 간절하다.

나도 어릴 때는 그랬다. 엄마가 장에 간 날에는 오후 내내 그리움으로 절절맸다. 해가 정지된 느낌이었다. 그렇다고 한낮부터 동네 어귀 언덕에 올라가 엄마를 기다릴 수는 없었다. 동네를 돌아다니며 돌아다닌 만큼 시간이 빨리 가기를 바랐다. 그러다가 해 질 녘에야 그 언덕으로 갔다. 그곳에는 묏등이 두 개 있고 아주 큰 소나무 한 그루가 한쪽에 있었다. 제법 넓은 곳이라 엄마를 기다리며 놀기에 적합했다. 고무줄을 펄쩍 뛰면서도, 비석을 치기 위해 고개를 위아래 끄덕이면서도 눈은 시종 아랫마을 어귀 돌아서는 그 끝자락을 향했다. 1km 정도 되려나? 묏등이 있는 곳은 제법 높아 아랫마을까지 이어지는 길이 잘 보였다. 눈이 빠지도록 그곳만 보다가 까만 점이 움직이면 고무줄이고 비석이고 다 팽개치고 “엄~마~!” 하고 소리 지르며 좁고 거친 산길을 내달렸다. 그 누구도 넘어지지 않았다. 그날 아침까지 본 엄마였는데 어떻게 그렇게까지 그리워할 수 있는지? 뛰고 또 뛰며 숨이 찬 것도 잊게 하는 그런 그리움이었다.

중학교 때는 집에서 산 하나를 넘어 30리 떨어진 곳에서 자취했다. 일주일이 얼마나 길던지 주인집 축담에 앉아 산 너머에 있을 엄마를 바라보며 수, 목, 금, 토 손가락을 꼽고 또 꼽았다. 언니가 있어 울기까지는 않았지만, 동생도 언니도 없이 혼자 자취했던 친구들은 얼굴을 이불에 묻고 우는 날이 많았다. 그때는 그리워서 허전했다면, 지금은 그리움이 없어 허전하다.

어릴 때 엄마는 존재 그 자체였는데 무엇이 이렇게까지 무심하게 만들었을까? 중학교 때부터 집을 떠나 지내다 보니 생각도, 생활 방식도 엄마와 많이 달라졌다. 서로 달라 불편한 점이 더러 있었다. 아니 많다. 다른 점이 도드라져 보이면 못 본 척하며 나도 나름 애를 썼다. 그런데 눈을 감는 방식으로는 해결이 안 되는 문제였다. 결국엔 한마디 톡 쏘곤 했다. 한마디 한 마디가 쌓이면서 엄마는 나를 어려워했고, 그것을 느낀 나도 거리를 두기 시작했다. 잠시 시골집에 다니러 갈 때 외에는 엄마와 아버지의 존재까지 새까맣게 잊어버린 채 생활했다.

명절 때 부모님과 함께 뉴스를 보고 있었다. 고향 집에서 받아온 음식을 귀경길 휴게소에 버리고 간 사진이 텔레비전 화면에 담겨 있었다.

"우리 아~들은 안 그라니더."

엄마는 음식을 좀 많이 챙겨 주는 자신의 행동을 정당화하려는 듯 단호한 목소리로 아버지에게 이야기하셨다.

"우리 아~들은 아이니더."

가만히 듣고만 있었다. 엄마의 믿음처럼 휴게소에 음식을 버린 적은 단 한 번도 없다. 무겁게 낑낑대며 들고 와서는 냉장고에 오래 보관했다. 결국엔 버릴 수밖에 없었다. 버릴 수밖에 없는 나한테도 화가 나고 기어코 챙겨 주고야 마는 엄마한테도 화가 났다. 더는 반찬을 가져가지 않겠다고 했지만 아무 소용이 없었다. 잘 먹지 않는 식혜나 장아찌도 늘 내 몫까지 해 두셨다.

"엄마, 허리도 아픈데 반찬 안 해 줘도 돼."
"야야, 내가 이것도 안 하면 뭘로 세월을 보내노."

그날도 잘 먹지 않는 것까지 무겁게 챙겨 왔다. 원래 여섯 남매인데 둘은 지금 볼 수 없다. 두 동생에 대한 아픈 기억을 힘든 일로 잊으려 하신다는 것을 안다. 어느 날 언니가 어떤 것이든 엄마를 설득하려 하지 말라고 했다. 대신 이 세 마디만 하라고 했다.

"엄마, 잘 먹을게."
"고마워."
"사랑해."

그때는 알았다고 했지만, 불쑥불쑥 화가 치밀어 오른다.

며칠 전 집에 다녀온 막내가 소식을 전했다. 엄마의 기력이 일주일 전과 또 다른 것 같단다. 갑자기 조바심이 생겼다. 돌아가시면 어떻게 하지? 엄마를 내 방식으로 바꾸려다가 되지 않자 방법뿐만 아니라 마음마저 접어 버린 듯하다. 그리움까지 말이다. 막내는 엄마의 존재 자체를 인정하고 받아들인다. 때로는 '이것 해 달라, 저것 해 달라'며 엄마를 없으면 안 되는 존재로 만들어 준다.

"엄마는 96살 될 때까지 내가 먹을 양념을 다 해 줘야 해."

왜 96살인지 모르겠지만, 막내가 그 말을 했을 때 엄마는 마치 신의 권능이라도 부여받은 듯했다. 있는 그대로가 아니라 바꾸고 싶은 엄마와 함께했으니 나의 지난 기억의 공간은 비어 있다.

그리움은 함께한 시간에 대한 기억이다. 그 기억이 또 함께하고 싶은 순간을 꿈꾸게 한다. 지난주에는 감자를 캐러 갔다. 이번 주에는 옥수수를 따러 갔다. 대구로 내려오려는데 마실 나갔던 아버지가 오셨다. 그날따라 더 쓸쓸하게 보여 도로 죽담에 앉았다. 담 넘어 예쁘게 자란 회화나무에 대해, 우리 집 개에 대해 두런두런 한참 이야기했다. 다음에 또 죽담에 앉아 이야기 나누기를 꿈꾼다.

꼴랑

학생들의 수학 실력 향상을 위해 애쓴 교장 선생님이 계셨다. 학교에서 따로 제작한 B5 크기의 스프링 공책을 나눠 주면, 학생들은 그 공책에 매일 수학 문제 5개를 풀어 와야 했다. 등교 후 복도에 있는 신발장 위에 숙제장을 펴 놓으면 교장 선생님이 손수 검사하셨다. 700여 명의 숙제 검사를 조금이라도 쉽게 하실 수 있도록 아이들에게 도움을 청했다.

"오늘 검사할 쪽을 위로 오게 한 뒤 반대쪽은 뒤로 접어 주세요. 일찍 온 사람부터 순서대로 신발장 왼쪽 모서리부터 나란히 놓아 주세요."

신발장은 반 아이들 숙제장을 모두 올려도 될 만큼 넉넉한 길이였지만 이리 던지고 저리 던져 뒤죽박죽일 때가 많았다. 별것도 아닌데 제대로 안 되어 직접 나란히 놓아 보기로 했다. 학생들을 모두 복도로 불러냈다. 여학생들은 무리 없이 잘했다. 남학생들 차례였다. 오늘 숙제한 면이 위로 오게 하고 반대쪽 면은 뒤로 접어 가지런히 놓게 했다. 한 녀석이 짜증을 부렸다. 정태라는 학생이었다.

"선생님, 꼴랑 이거 하려고 우리를 다 나오라고 한 거예요?"
"꼴랑, 이걸…."

그 녀석은 공책을 바로 놓더니 슬리퍼를 툴툴 끌며 교실로 들어가 버렸다. 그 후 녀석과 나는 우리가 하는 행동 중 꼴랑이 아닌 것이 있는지를 판별하기 시작했다.

어느 학교든 남학생들의 공통된 습관 하나가 있다. 이동 수업을 갔다가 교실에 들어서며 '1등'을 외치는 것이다. 그러다 보니 교실 근처에 오면 무조건 전력 질주를 한다. 이때 관성에 의해 출입문보다 앞으로 밀려 나가려는 것을 막기 위해 문틀을 꽉 움켜쥔다. 그러고는 앞문을 비집고 꼬꾸라질 듯 들어서며 외친다.

"1등!"

1등을 한다고 선물이 있는 것도 아니다. 공부에 대한 1등의 꿈이 여기까지 밀려온 것으로 보여 마음이 아릿하게 아프다. '꼴랑' 사건 이후 정태가 1등을 외치며 들어왔다.

"야, 꼴랑 1등을 외치려고 그리 뛴 거야? 복도로 나와 봐. 다른 반은 지금도 수업 중이야. 친구들 수업 방해했잖아. 그렇게 뛰다가 다치면 꼴랑 1등보다 몸이 더 아파. 다음에는 뛰지 말고 걸어와."

짝꿍 바꾸기는 아이들의 최대 관심사다. 새로운 방법으로 짝을 정하기로 했다. 공부할 때 짝의 도움이 필요하다고 생각하는 사람은 도움받고 싶은 짝의 이름을 쪽지에 써 내게 했다. 멘토-멘티로 합의가 되면 짝이 되는 것이다. 며칠 공고 기간이 끝나고 멘토로 정해진 학생과 상담한 뒤 그 학생이 승낙한 팀만 자리를 바꾸었다. 짝 구성이 제법 잘된 듯했다. 짝을 바꾼다는 공고를 했음에도 관심을 보이지 않더니 새로운 짝과 앉은 친구들을 보자 마음이 달라졌는지 정태가 말했다.

"선생님, 나는요?"
"관심 없다면서 희망 쪽지를 안 적어 냈잖아?"
"저도 바꿔 주세요."
"꼴랑, 짝꿍인데 뭘"
"저도 공부할래요. 짝 바꿔 주세요. 네?"

그렇게 해서 바뀐 짝과 앉더니 커다란 키에 눈까지 큰 정태가 싱글벙글했다.

짝을 바꾼 그날, 점심으로 순댓국이 나왔다. 급식실이 따로 없어 교실에서 점심을 먹던 때라 아이 몇 명과 함께 배식했다. 아이들이 좋아하는 순대라 고르게 배식하려고 했지만, 국 속에 들어있는 순대 개수를 몰라 적당히 나누었다. 그런데 순대의 수가 조금씩 달랐나 보다. 민아가 짝은 순대가 5개인데 자기는 4개뿐이라며 한 개 더 달라고 앞으로 나왔다. 그때까지 눈치만 보던 정태도 투덜거리며 배식대 쪽으로 나왔다.

"선생님, 저도 4개였어요. 한 개 더 주세요."
"야, 꼴랑 순대 한 알인데…."
"꼴랑 순대 한 알인데 마음은 상했거든요. 샘이 우리가 하는 일이 모두 꼴랑이라고 하셨잖아요. 꼴랑이 중요하다면서요. 히히."

발령 후 첫 교무회의에 대한 기억이 아직도 생생하다. 운동회를 앞둔 시점이라 회의 내용이 대부분 운동회에 관한 것이었다. 가장 긴 시간 논의한 것은 '학생들이 운동장에 줄을 설 때 신발주머니를 왼손에 들게 할 것인가, 오른손에 들게 할 것인가'였다. 거창한 주제로 회의하던 드라마를 떠올리며 속으로 웃었다. 교사 생활 몇 년이 지난 후에야 초등학교 생활교육의 대부분이 '신발주머니를 어느 손에 들게 할 것인가?'처럼 작은 것이라는 것을 깨달았다. 그런데 초등학생만 그런가? 아니다. 우리의 수많은 시간도 꼴랑으로 채워진다. 별것 아닌 꼴랑의 집합체가 지금의 '나'고 지금의 '세상'이다.

깨진 항아리에 물을 담는 법

초임 교사 시절에는 교과 대부분을 담임 혼자 지도했다. 모든 과목 수업을 제대로 준비하는 것은 무리였다. 7~8개에 달하는 과목을 어떻게 다 아느냐 말이다. 하지만 발령받고 7~8년 후까지도 교사는 모든 것을 다 알아야 한다고 생각했다. 그러다 보니 '모르는 것을 물으면 어떻게 하지?'라는 생각에 늘 불안해하고 긴장했다. 긴장하는 만큼 아이들과 나 사이에는 좁혀지지 않는 진공 같은 거리가 있었다. 그 거리는 아이들이 아니라 나로 인해 만들어졌다. 질문을 받고도 딴청 부리거나 못 들은 척하면 아이들은 빠르게 눈치를 채고 의문을 지우거나 묻어 버렸다. 어린 왕자처럼 자기가 한 질문에 대한 답을 들을 때까지 포기하지 않는 아이는 아무도 없었다. 끈질기지 못하다기보다 무언의 거부를 느꼈다고 생각한다. 어쩌면 나를 곤란하게 하지 않으려는 배려일 수도.

태풍으로 학교 곳곳에 비가 샌 다음 날이었다. 태풍은 지나갔지만, 고온에다 습도까지 높아 숨이 막힐 것 같은 날이었다. 우리 교실은 꼭대기 층이라 뜨거운 열기를 그대로 받아 유난히 더 더웠다. 당연히 에어컨은 없던 때다. 그런데 아침부터 선풍기까지 돌아가지 않았다. 행정실 직원이 살펴보더니 오늘은 수리할 수 없다고 했다. 온몸이 땀으로 찐득찐득해지자, 아이들이 투덜거리기 시작했다. 사실 견디는 것 외에 방법이 없었다.

"일단 눈을 감고 가만히 앉아 있어 봐."

아무 말 없이 우리는 한참을 그렇게 앉아 있었다. 창으로 들어오는 미세한 바람이 찐득한 땀 위로 가느다랗게 지나갔다. 바람이 지나간 길만큼 좁다란 시원함이었다. 선풍기나 에어컨이 주는 느낌과는 달랐다. 솜털조차 고요히 흔들릴 정도. 몸도 마음도 집중해야만 느낄 수 있는. 아이들과 나는 더위를 잊기 위해서가 아니라 바람을 놓치지 않으려 집중했다. 주위는 고요했다. 그때 고요를 깨는 내면의 소리가 들렸다.

"너, 완벽하지 않아. 너뿐 아니라 다른 사람도 그래."

나는 완벽을 꿈꾼 적이 없다. 성격이 그럴 뿐이다. 미팅 나가서 점심으로 짜장면을 먹다가 짜장이 내 옷에 튀는 실수를 하면 그 사람은 그날로 끝이다. 지금은 그렇지 않지만 그땐 그랬다. 또 새 업무가 떨어지면 먼저 도서관으로 가서 관련 책을 빌려 온다. 이는 완벽한 것과는 관련이 없다. 다만 지난해보다 나은 방향으로 일하는 것을 좋아할 뿐이다. 꼼꼼하다느니 완벽하다느니 하는 말은 다른 사람이 나한테 한 말이지 내가 그것을 목표한 적은 없다. 그런데 그날 우리 모두 완벽하지 않다는 그 울림이 많은 변화를 가져왔다.

먼저 선생은 모든 것을 알아야 한다는 부담에서 벗어나게 했다. 수업 중 모르는 것이 나와도 솔직하게 표현했다.

"좀 더 찾아보고 얘기해 줄게."
"네, 선생님."
"이건 잘 모르겠네. 공부해서 알려 줘도 되겠니?"
"에이, 거짓말하지 마세요. 선생님!"
"아시잖아요."

아이들은 좀 더 찾아본다는 말도 그냥 받아들였고, 모른다고 말해도 '거짓말 아니냐'며 나를 굳게 믿어 주었다. 아이들의 넉넉한 태도는 선생은 가르치는 사람이 아니라 아이들과 함께 배우면서 가르치는 사람이라는 생각을 갖게 했다. 사실 아이들로부터 많은 것을 배운다. 실수가 드러날까 봐 꽁꽁 싸매고 있었을 때는 질문을 받으면 아는 것도 헷갈리기 일쑤였다. 순간 사고가 정지하기도 했다. 우리 모두 완벽하지 않다고 생각하니 꽁꽁 싸맬 이유가 없어졌다. 그 깨달음 이후 아이들과 함께하는 것이 정말 행복했다. 몸이 안 좋을 때도 출근하면 학교 계단을 딛는 순간 아픈 것이 사라졌다. 아이들 질문에도 자유로워졌다. 내가 모르는 질문도 영화 〈매트릭스〉의 한 장면처럼 많은 정보가 빠르게 재조합되면서 해결할 수 있게 되었다.

가르치는 것도 두려움에서 벗어나야 하지만 공부도 마찬가지다. 실수의 두려움, 모른다는 두려움에서 벗어나 실수한 그곳으로, 모르는 그곳으로, 틀린 그곳으로 돌아가 다시 시작하게 해야 한다. 컴퓨터 DOS를 배웠던 사람은 기억할 것이다. 띄어쓰기 한 칸, 꼴랑 작은 점 하나 잘못 찍어 전체가 오류 났던 일 말이다. 오류의 원인이 띄어쓰기나 점 하나일 때는 부끄러워서 더 묻기 힘들었다. 지금 생각해 보면 묻지 않은 내 잘못만 있다고는 생각하지 않는다. 가르치는 사람은 프로그램 흐름도 중요하지만 세세한 것까지 오류가 없는지 살펴보게 해야 했다.

3월 첫날이면 늘 하는 이야기가 있다. 누구나 실수를 하고, 이 세상은 모르는 것 투성이라고 말이다. 모르는 것은 배우고, 실수하는 것은 꾸준히 연습해 더 잘하도록 돕는 곳이 학교라고 말이다. 그리고 칠판에 'A'를 쓰고 말한다.

"너희들이 '선생님, 이게 뭐예요?'라고 물어도 꾸중하지 않을 거야. 무엇이든 물어도 돼. 선생님은 다 알까? 아니야. 나도 모르는 것이 많아. 내가 모르는 것은 공부해서 알려 줄게."

어느 해 5월경, 모르는 것에 대해 꾸중한 적이 있는지 묻자 한 녀석이 손톱만큼 화를 낸 적이 있다고 했다. 그 녀석은 6학년인데도 '23-15'를 5-3, 2-1로 계산했다.

"그렇게 계산하면 안 돼, 희연아."
"앞에서 빼나 뒤에서 빼나 뭐가 달라요?"
"전체에서 덜어 내고 남은 것을 구하는 것이 뺄셈이야. 앞의 수 전체에서 15만큼 빼야 해."

그 후 그 녀석은 무엇이든 질문했다. 심지어 밤에도 이해가 안 되는 문제를 사진으로 찍어 보내기까지 했다. 그런데 아이들 대부분은 나의 허용에도 잘 질문하지 못했다. 그 아이들에게서 나와 같은 증상을 보곤 했다. 긴장 때문에 알던 것도 모르게 되는 증상 말이다. 마음이 아팠다.

사회 시간, 조선 후기 병자호란과 임진왜란으로 힘들어하는 백성의 삶을 공부할 때의 일이다. 교과서 삽화의 말풍선에 '백성들이 너무 힘들어 뒷산에 가서 빌었다'라는 구절이 있었다. 진호가 질문했다.

"선생님, 왜 앞산에 안 가고 뒷산에 가서 빌어요?"

무엇이든 질문하라고 해 놓고도 망치로 머리를 얻어맞은 기분이었다. 다른 아이들도 '너는 어째 그딴 질문을 하냐'는 듯 눈을 뚱그렇게 뜬 채 진호를 바라봤다. 사실 진호를 째려본 녀석들도 모른다. 모른다는 의식 자체가 없어 질문을 못 한다. 애써 태연한 척했지만 사실 나도 무척 당황스러웠다.

"지금은 잘 모르겠는데 생각해 볼게."

그날 이후, 화두를 잡듯 그것만 생각했다. 뒷산에 갈 수밖에 없는 역사적 사실이 있을 리 만무했고 어쨌든 뒷산, 뒷산, 뒷산을 되뇌며 몰입했다.

그로부터 일주일 후, 아이들에게 도화지를 나눠 준 후 먼저 집을 한 채 그리게 했다. 집 뒤에는 산을, 집 앞에는 내(川)를 그리게 했다. 내 건너에 넓은 논을, 논 앞쪽에 앞산을 그려 보라고 했다.

"선생님, 앞산이 훨씬 더 멀어요."
"빌러 간다는 것은 아주 힘든 일이 있다는 것인데, 남들이 다 볼 수 있는 먼 앞산보다는 몰래 갈 수 있는 뒷산이 좋겠어요."

중요하지 않은 질문이 없다. 잘못된 질문도 없다. 완벽하지 않다는 깨달음은 실없는 녀석들의 엉뚱한 농담까지 학습과 연결하면서 수업이 훨씬 더 풍성해졌다. 〈달마는 동쪽으로 간다〉라는 영화에 '깨진 항아리에 물을 담아라'라는 화두가 나온다.

"깨진 항아리에 물을 어떻게 담지? 물을 붓자마자 깨진 틈으로 줄줄 샐 텐데 방법이 있단 말이야?"

바짝 긴장되었다. 그때 배우 박신양이 깨진 항아리를 높이 들더니 웅덩이에 던져 버렸다. 항아리는 물을 품기도 하고 물에 안기기도 하며 서서히 가라앉았다. 안에도 밖에도 물이 가득 찼다. 가득하다 못해 안과 밖이 구분되지 않을 정도로 넘쳤다. 참 이상했다. 완벽한 사람이 되려고 했을 때는 아이들도 깨진 그대로, 나도 깨진 그대로였다. 하지만 있는 그대로를 바라보고 들어주자 금이 간 바위틈에서 소나무가 자라는 것처럼 나도 아이들도 제대로 자라기 시작했다.

칼랑코에의 상식으로

올해 겨울은 정말 가물었다. 엎치락뒤치락하는 대통령 선거의 향방에 천기가 딸렸는지 12월부터 이듬해 3월 초순까지 하늘에서 떨어지는 눈 한 송이, 비 한 방울 없었다. 4개월 정도 가물었다면 운동장의 흙이 밀가루처럼 보송보송해야 하는데 아니다. 퇴근 후 맨발로 운동장을 걸으니 약간 눅눅하기도 하고 갓 쪄낸 백설기처럼 아주 부드럽다. 맨발 자욱이 발걸음마다 깊숙이 찍힐 정도로 푹신하다. 벌써 작은 새싹도 제법 보인다. 코로나19로 운동장은 아이들 없이 많은 시간을 홀로 보냈다. 개구쟁이들의 발걸음이 사라진 운동장은 올해도 잡초를 가득 키울지 모르겠다.

학생이 많던 10여 년 전의 운동장은 잡초를 키울 수 없었다. 학생도 지금보다 훨씬 많았다. 그 아이들이 얼마나 뛰고 비벼댔던지 여린 싹이 뚫고 올라올 수 없을 정도로 딱딱했다. 설사 싹을 틔운다고 해도 아이들의 뜀박질에 살아남기 힘들었을 것이다. 흙의 본질은 생명을 키우는 것일 텐데 생명을 키우지 못하는 운동장 흙은 어땠을까? 생명을 키우지 못한 그 쓸쓸함을 노래한 〈흙의 가슴〉이라는 동시가 있다.

흙의 가슴

풀을
길러 보지 못한 흙은
가슴이 아프답니다.
나무를
길러 보지 못한 흙도
가슴이 아프답니다.
아, 꽃을 피워 보지 못한 흙은
얼마나 가슴이 아플까!

눈이 부실 정도로 햇살이 강한 어느 여름 일요일이었다. 바쁜 일이 없어 느긋하게 팔공산 자락에 있는 온천에 갔다가 노곤한 상태로 차에서 내리려는데, 라디오에서 폴킴의 '섬집아기'가 흘러나왔다. 화음도 없이 조금 느리게 피아노 연주가 시작되었다.

단순한 피아노 선율에 갇혀 한참을 그대로 앉아 있었다. 엄마가 굴을 따러 갔다가 아기 생각에 다 못 찬 굴 바구니를 이고 모랫길을 달려온다는 노랫말에 파도가 덮치듯 쓸쓸함이

덮쳤다. 생명을 낳아 키워 보지 못한 운동장 흙과 같은 쓸쓸함. 온통 아기 생각에 조바심을 내며 서둘러 본 적 없는 그 공허함.

그 영향일까? 잘 길러 탐스럽게 핀 꽃도 좋아하지만, 줄기를 꺾꽂이해 그 끝에서 뿌리가 나고 또 다른 개체로 자라는 과정을 보는 것을 좋아한다. 전통찻집에서 몰래 꺾어 온 풍로초를 소라 껍데기에 키운 적이 있다. 뿌리를 내리고 볼펜 촉 크기만 한 진분홍 꽃망울을 맺더니 다음 날 꽃잎 다섯 개를 활짝 펼쳤다. 그 순간 꽃과 나만 있는 듯했다.

사실 나는 칼랑코에를 좋아하지 않는다. 개나리처럼 아무 곳에나 툭 꽂아도 살게 생겼으면서 은근히 까다로운 것도 별로였다. 들쭉날쭉한 잎도 싫었다. 지금 학교에 발령받아 부임 인사차 교장실에 들렀을 때, 창가에 내가 알던 것과 다른 칼랑코에가 있었다. 가느다란 줄기는 꽃 무게로 살짝 휘어져 있었다. 그 끝에 노란색 작은 꽃이 모여 둥그스름하게 큰 꽃을 이룬 것이 제법 예뻤다. 주인의 지극한 보살핌 탓인지 도도함마저 느껴졌다. 그 칼랑코에는 2월에도, 4월에도, 그리고 11월에도 꽃을 피웠다.

나도 그렇게 꽃을 피워 보고 싶어 칼랑코에 잎 두 개를 따서 화분에 꽂았다. 한동안 매일 들여다봐도 아무런 변화가 없었다. 뿌리는 어떻게 내리고 있는지, 새잎은 어떻게 만들고 있는지 정말 궁금했다. 흙을 파 보고 싶은 유혹도 가끔 느꼈다. 굴 바구니가 채워지지도 않았는데 아이 생각에 달려가는 엄마처럼 내가 그 속으로 들어가는 수밖에 없었다. 칼랑코에가 다육식물인지도 모르고 내 상식으로 물을 주다가 잘못될 뻔하기도 했다. 생명을 키운다는 것은 나의 세계로 끌어오는 것이 아니라 내가 그의 세계로 들어가 그에 맞게 작용해야 한다는 것을 몰랐다.

**칼랑코에의 자생지는 열대 남아프리카 마다가스카르로 양지 또는 반양지 식물이다.*
**햇빛을 좋아하나 여름철에는 직사광이 너무 강하니 밝은 간접광이 좋다.*
**온도는 16~20도가 적당하니 겨울철에는 실내로 들여 최소한 13도 이상은 유지해 줘야 한다.*
**다육식물로 잎에 물을 저장해 건조에 강하나 습도에는 약하니 잎이 시들 즈음 물을 주되 잎에 물이 닿지 않게 해야 한다.*
**습한 날씨에는 통풍도 신경을 써야 한다.*
**장마철과 겨울에는 물을 줄여 주는 것이 좋다. 또 가지치기 전과 후의 물 주기는 달라야 한다.*
**번식은 쉽다. 가지를 잘라 꺾꽂이를 하거나 물꽂이를 하면 뿌리가 잘 내린다.*
**밤이 낮보다 길어야 꽃이 피고, 하루를 주기로 꽃잎을 접었다 폈다 한다.*

(출처: blog.naver.com)

만날 때마다 작은 화분을 선물하는 친구가 있다. 그 친구가 준 화분이 하나도 남아 있지 않다. 그 식물이 어떤 식물인지 알아봐야 하는데 그 식물의 특성과 상관없이 기르다 보니 꽃이 지고 난 후 얼마 지나지 않아 죽어 버린 경우가 대부분이다. 칼랑코에 잎을 꺾꽂이한 지 5개월이 지났다. 작은 가지까지 만들어 내며 10cm까지 자랐다. 진초록 잎이 반들반들 윤이 난다. 내 마음대로가 아니라 칼랑코에 입장에서 바라보며 작은 꽃이 모여 큰 꽃을 이룰 그날을 설레는 마음으로 기다린다.

* 칼랑코에 꽃말: 설렘

말에 대한 단상들

나는 말에 대해 섬세한 감각을 지닌 사람을 좋아한다.

패션 큐레이터와 팟캐스트 진행자 사이에 오간 '옷 박물관'에 관한 대화다.

"아쉽게도 우리나라에는 아직 옷 박물관이 없어요. 그런데 파리만 가더라도 루브르 안에 장식 박물관이 있는데 그게 다 옷 박물관입니다."

"'파리만 가더라도'는 어울리지 않는 표현 아닙니까? '파리에 가면'이 맞는 표현 아닌가요?"

사회자는 '~만 가더라도'를 '~에 가면'으로 고쳐 주었다.

'만'은 화자(話者)가 기대하는 마지막 선을 나타내는 보조사로, 너무 흔해서 거기조차 있다는 의미를 지닌다. 옷 박물관은 세계에 몇 곳 없으며, 그중 한 곳이 파리다. 그러니 '파리만 가더라도'는 맞지 않는다. '만'과 '에'의 차이는 실로 크다. 이 한 글자로 사실이 왜곡되기 때문이다. 적확하게 표현하려는 노력이 필요하다.

*'못땠다'*를 표준말로 어떻게 쓰는지 궁금한 적이 있었다. 굳이 사전을 찾거나 친구에게 묻지는 않았다. 어릴 때도 가끔

떠올린 말이었다. *못때게* 구는 친구에게 사용하지는 못했다.

어린 시절 소를 몰고 산에 풀을 먹이러 갈 때 일이다. 좁은 산길 가장자리에 억센 수크령이 가득했다. 먼저 출발한 남자애들이 길 양쪽의 수크령을 끌어당겨 묶어 두는 장난을 쳤다. 무심코 가다가 수크령 고리에 걸려 넘어지면 꽤 아프다. 아픈 것보다 더 짜증 나는 일은 쇠똥 위에 엎어졌을 때다. 지금 그 자식을 만난다면 그때 못한 욕을 해 줄 텐데 오래전에 하늘로 가 버렸다. 그때 내가 욕을 해 줬더라면 지금까지 살고 있으려나?

"못땐 자식들"

그 후로는 수크령을 묶어 두거나 연필을 뾰족하게 깎아 등을 찌르는 유치한 행동을 하는 사람이 없어 그 말을 잊어버렸다. 잠시 아르바이트할 때였다. 어른인데도 그런 행동을 하는 사람이 있었다. 그분은 카랑카랑한 목소리로 고함을 지르며 하루를 시작했다. 큰일이라도 났나 싶어 나가 보면 대부분 부드럽게 말해도 되는 내용이었다.

상사에게 그날 일정을 보고하는 것이 내 업무 중 하나였다. 보고하려고 그분에게 가면 직원 중 한 사람을 정해 꼭 흉을 봤다. 남의 흉이라도 매일 듣는 것은 쉬운 일이 아니었다. 그 흉이 내 속에 차곡차곡 쌓였는지 그해 가을에는 폭발할 것만 같았다.

"참 *못땐* 사람!"

그때부터 *'못땠다'*를 글자로는 어떻게 쓰는지 궁금했다. 사전에도 없었고 인터넷 검색을 해도 나오지 않았다. *'못 땠다'* 라는 글자에는 '사람을 괴롭히다'라는 의미가 드러나지 않아 아닌 듯했다. 바른 표현을 알 수 없어 말만 있는 경상도 사투리인가 했다. 아리스토텔레스의 『니코마코스 윤리학』을 읽다가 그 말을 찾았다.

"역시, 고전은 읽을 필요가 있어!"

*'못땐'*이 아니라 '못된'이었다.

"되어 먹지 못한!"

직원을 끊임없이 깔아뭉개며 이간질하는 그 사람과 딱 맞았다. 충성 맹세까지 받고자 했던 정말 되어 먹지 못한 사람이었다.

『니코마코스 윤리학』은 행복한 삶에 대해 이야기한 책이다. '못된'은 정말 나를 행복하게 했다. '되어 먹지 못한 사람, 되어 먹지 못한 사람' 하고 되뇌기만 해도 체증이 내려가는 듯했다. '못되다'의 사전적 의미는 '성질이나 품행 따위가 좋지 않거나 고약하다'이다. 그런데 그 사람에게는 '고약한'보다 '되어 먹지 못한'이 훨씬 더 잘 어울렸다.

생선 가시처럼 걸리는 말이 있었다. 조선 시대도 아닌데 조선 사람을 들먹인 욕이 내 목에 걸려 있었다. 학교 교문에서 외부인 출입을 단속하는 지킴이 봉사자가 그 주인공이다. 그는 건물과 수목 관리에 대한 상식이 풍부했다.

"학교 담 옆에 전신주가 기울어졌어요. 태풍이 오기 전에 수리를 요청하시라."
"벚나무 가지가 썩었어요. 교육청에 연락해 자르시라."
"지난번 그 자리에 말벌이 또 집을 짓고 있어요. 제거하시라."

그분 덕분에 학생들 안전을 위한 학교 관리에 대한 시각이 많이 넓어졌다. 일흔에 가까운 연세라 참을까도 했다. 그러나 그가 내뱉는 욕이 우리 모두의 정신 안전을 위협한다는 생각이 들어 찾아갔다.

"어르신, 오늘은 뭐가 마음에 안 드세요?"
"낙엽을 모았으면 바로 치워야지. 그냥 가 버렸어."

물론 그날도 '조선 노무 새끼는 안 돼!'라고 찰지게 마무리하셨다.

"어르신, 낙엽을 안 치웠을 뿐인데 거기에 왜 조선 놈의 새끼가 나옵니까? 우리 모두 조선 놈의 새낍니다. 지킴이 선생님도 조선 놈의 새끼, 저도 조선 놈의 새끼, 사모님도 조선 놈의 새끼, 따님도 조선 놈의 새낍니다."
"…."
"어르신! 시설 주무관에게 '바람이 불면 낙엽이 날아가 자네가 더 힘들지 않겠나?'라고 한번 말해 보십시오."

그 후 그분에게서 그 말을 듣지 못했다. 습관으로 굳어진 말이 툭 튀어나온 것일 뿐 조선 사람까지 폄훼하려던 것은 아니었음을 안다. 그러나 욕도 상황에 맞아야 한다. 욕을 포함한 모든 말은 저울에 달았을 때 말과 상황이 균형을 이루게 해야 한다.

안 돼!

나는 좀 여린 사람이다. 교사일 때는 학교 안에서 나의 연결망이 대부분 아이들이라 별문제 없었다. 그러나 교감으로 승진하니 학생들과 연결은 줄고 대신 교사, 행정실, 학부모, 지역사회와의 연결이 늘어났다. 연결이 팽팽하면 갈등이 일어나거나 관계가 끊어질 수 있다. 반면에 느슨하면 향방 없이 이리저리 끌려다닐 수 있다. 내 결정은 교사들과도 연결되어 있어 늘 끌려가는 것도 문제다.

행정실에서 처리해야 할 공문이 얼토당토않은 이유로 교무실로 넘어올 때가 더러 있다.

"실장님, 이 공문은 시설 관련 내용이니 행정실에서 처리해야 하지 않나요?"

"아니, 교감샘 보소. 여기, 여기 '교육'이라는 글자가 아잇능기요."

"실장님, 우리는 학생들 교육을 위해 일하지 않나요? 그러니 공문에 '교육'이라는 글자가 있는 게 당연하겠죠? 업무 내용이 아니라 글자로 업무를 분류하면 어떡합니까?"

"보소, 보소 교감샘! '교육' 글자가 있는 건, 마 교무실에서 처리하이소."

말이 안 통할 때는 싸우느니 차라리 내가 처리해 버리는 것이 덜 피곤하다. 그런데 이제는 나만의 문제가 아니다. 시설 업무는 분명 행정 업무다. '너는 교감이야. 이런 문제에 체계를 잡는 것이 네 일이야'라며 나를 세뇌한다. 이것으로도 부족하면 데이비드 맥페일의 그림 동화 『안 돼!』를 떠올린 후 다시 행정실로 향한다.

이 그림 동화에는 대사가 딱 한 마디뿐이다.

"안 돼!"

'안 돼!'라고 말하기 전과 후의 세상이 완전히 다르다. 말의 위력이 얼마나 큰지 보여 주는 동화다. 한 꼬마가 폭탄이 떨어지고 탱크가 건물을 폭파하는 길을 뚫고 편지를 부치기 위해 길을 나선다. 길을 가던 중 군인과 경찰들이 사람을 괴롭히는 장면도 목격한다. 그런데도 포기하지 않는다. 공포를 뚫고 우체통이 있는 곳에 도착하자 그곳에도 폭력이 기다리고 있다. 꼬마는 자신을 때리려는 큰 소년에게 단호하게 외친다.

"안 돼!"

처음에는 작은 소리로, 두 번째는 좀 더 크게, 세 번째는 고함까지 지른다. 이후 모든 폭력이 멈춘다. 소년은 꼬마를 때리는 대신 그의 모자를 주워 준다. 군인과 경찰은 국민의 보호자가 되어 사람들을 도와준다. 탱크로 밭을 갈고, 비행기로 선물을 준다.

대구 변두리에서 근무할 때의 일이다. 그 학교는 학생 수가 줄어 폐교 위기에 처했다. 통학버스를 운행한다고 홍보하자 학군 외의 학생까지 모여들었다. 자연 친화적 환경이라는 좋은 점도 있어 학년마다 한 학급은 되었다. 학생들 대부분은 통학버스로 등하교했지만, 일부는 승용차 일부는 학원 차를 이용했다. 학교 안에 차가 많으면 그만큼 위험도 증가하기 때문에 등하교 시간에는 통학버스 외에는 차량 진입을 금지했다. 그런데 협조하지 않는 한 사람이 있었다.

학생들은 수업을 마친 후 하교 통학버스 출발 전까지 가장 행복해했다. 운동장과 능소화 터널 주변으로 길이 있든 없든 상관없이 이리 쪼르르 저리 쪼르르 뛰어다녔다. 아이들이 어디서 튀어나올지 몰라 신경이 많이 쓰였다. 잠깐 누리는 자유라 말릴 생각은 없었다. 상수리나무 아래에 있는 작은 나무 벤치와 큼지막한 돌 조형물 사이로도 살살거리며 다녔다. 그 시간에 그가 노란 차를 몰고 들어왔다.

“관장님, 통학버스 나갈 시간인데 차를 몰고 학교에 들어오면 어떡합니까? 내일부터는 교문 앞에 주차해 주세요.”
“내일도 들어올 건데요.”

그는 조금의 망설임도 없이 퉁명스럽게 말하고는 중앙 현관 쪽으로 차를 몰았다. 빡빡머리라 더 험상궂어 보였다. 태권도장 관장인 것을 모르면 누구든 겁먹을 인상이다. ‘내일도 들어올 건데요’라는 말에 속만 부글부글했지, 아무런 대꾸도 못했다. 다음 날에도 노란 승합차는 교문을 지나고 통학버스가 있는 상수리나무 밑을 지나 중앙 현관에 차를 세웠다.

그 학교 운동장은 제법 넓었다. 교문 앞에 차를 세우면 솔직히 귀찮다. 운동장을 가로질러 돌봄교실까지 걸어간 후 걸음이 빠르지 않은 어린 아이들을 데려가려면 시간이 꽤 걸린다. 안전상 돌봄교실 학생들은 데려가는 사람에게 직접 인계해야 해서 아이들이 교문 앞에 나가 기다릴 수도 없었다. 하지만 다른 관장들은 학교 방침을 잘 따라 주었다.

다음 날 빡빡이가 올 무렵 우연히 교문 앞에 서 있었다. 그의 차를 제지해야겠다는 목적으로 서 있던 것은 결코 아니었다. 아이들이 뛰어노는 시간이라 안전이 걱정되어 둘러보는 중일 뿐이었다. 마침 그의 차가 오고 있었다. 고함을 지른 것도, 그렇다고 화난 표정을 지은 것도 아니다. 교문 안으로 진입하려고 방향을 틀 때, 운전자 차창 앞에 정차의 의미로 손을 가볍게 아래위로 흔들었을 뿐이다. 빡빡이는 그 후 결코 차를 몰고 들어오지 않았다. 그 부드러운 '안 돼!'로 말이다.

아하!

1980~90년경 초등학교에서는 바른 글씨 쓰기를 꽤 강조했다. 바른 글씨 쓰기 대회도 1년에 두어 번 열었다. 글자마다 독특한 모양이 있는데 그 모양대로 써야 바른 글씨다. 아이들뿐 아니라 교사에게도 바른 글씨는 중요했다. 컴퓨터가 업무에 도입되기 전이라 생활기록부도 손으로 기록했다. 당연히 글씨를 잘 쓰는 사람이 능력자로 추앙받던 시대였다.

나도 글씨를 제법 쓴다. 교육대학교 4학년 때부터 초등 국어책 본문 위에 기름종이를 올려놓고 몇 달간 따라 쓰며 글씨를 교정했다. 펜글씨 교본 수준까지는 아니었지만 자신 있었다. 칠판에 글씨를 쓸 때도 꽤 신경을 썼다. 그런데 학생들의 글씨는 나아지지 않았다. 고학년의 경우는 지금까지 학생 자신의 습관으로 돌리더라도 저학년 학생들은 담임의 영향을 크게 받는다. 선배 선생님들 반 학생 대부분은 교과서 글씨체로 잘 썼다. 하지만 내 글씨는 학생들의 글씨를 교과서체로 이끌 만큼은 아니었다.

글씨는 최소한 읽을 수 있게 써야 전하고자 하는 바가 전달된다. 저학년 학생들의 글씨는 읽기 힘든 경우가 드물었지만, 고학년은 아니었다. 수업 중 학습 결과물 내용이 무엇인지 알아볼 수 없는 경우가 더러 있다. 공책의 각도까지 달리하며 읽으려고 애써도 알 수 없을 때는 학생을 부른다. 학생 자신도 공책을 들고 고개를 갸웃거리며 '뭐지? 뭐지?' 하다가 겸연쩍게 웃으며 말하곤 했다.

"선생님, 저도 모르겠어요."

난감한 상황이다. 컴퓨터가 많은 부분 손글씨를 대신해 주지만 전부는 아니다.

"얘들아, 최소한 읽을 수 있게 글씨를 써야 해. 좀 더 정성껏 쓰자."

'잘 쓰자', '정성껏 쓰자'를 강조했지만 별 변화 없었다.

방법에 대한 지도 없이 '잘 쓰자, 정성껏 쓰자'라는 말은 아이들에게 억압이 된 듯했다. 저학년 학생들은 연필심에 침을 더 자주 묻히거나 연필을 더 세게 잡는 것으로 반응했다. 그 결과 글씨는 진해졌고, 공책이 찢어질 듯 눌러 써서 손이 아프다고 했다. 내가 말한 정성의 의미는 바른 모양의 글자인데 아이들은 침을 묻히고 연필을 세게 잡는 것으로 표현했다. 너무 힘을 줄 때는 안쓰럽고 미안해지기까지 했다. 설명을 제대로 하지 못해 고생시키는 것 같아 자괴감마저 들었다.

교사는 글씨도 잘 쓰고, 춤도 잘 추고, 그림도 잘 그려야 하나? 그런 것은 아니라고 생각했다. 말로 춤을 지도해 공연했고, 말로 그리기를 지도해 학교에 근무하는 직원들이 일부러 우리 반 교실까지 그림을 구경하러 온 일도 있었다.

가르치는 도구는 결국 '말'이다. '잘 쓰자'와 '정성껏 쓰자'가 아니라 어떻게 하는 것이 잘 쓰는 것이고, 정성껏 쓰는 것인지 구체적인 행동할 수 있도록 설명해야 한다. 칠판 글씨도 더 신경을 썼지만, 그와 더불어 바른 글씨를 쓸 수 있도록 어떻게 설명할지 늘 고민했다.

국어 교과서는 바른 글자 모양을 두 단계로 나누어 익히도록 구성되어 있다. 먼저 희미하게 인쇄된 글자 위를 따라 쓰게 한다. 즉, 본보기 글씨 위에 겹쳐 쓰는 것이다. 그렇게 글자의 모양을 익힌 다음 혼자 쓰게 한다. 기름종이까지 끼워져 있어 한 번 더 따라 쓸 수 있다. 교과서가 얼마나 친절한지 획을 쓰는 순서, 획의 길이와 삐침 정도까지 빨강, 파랑, 초록색으로 강조해 아이들 눈에 잘 띄게 해 두었다. 그럼에도 불구하고 따라 쓰기조차 제멋대로인 학생들이 있었다. 글자마다 독특한 모양을 설명하고 고쳐야 할 방법까지 하나하나 얘기했지만 잘 되지 않았다.

바른 글자 모양을 각각의 상황마다 설명하는 것이 아니라 일반적인 원리 안에서 설명하려고 했다. 그렇게 해야 교사의 설명과 학생들이 머릿속으로 그리는 원리가 맞아떨어져 '아하!'라는 인식에 도달할 수 있다. 그런데 지금까지의 내 설명은 학생의 눈을 안대로 가린 후 위험이 있을 때마다 안내하는 정도였다.

"'간'의 'ㄱ'이 너무 크지 않니?"
"'를'은 아래와 위의 'ㄹ' 크기가 똑같아야 해."

그때그때 상황에 대한 설명뿐이었다. 2016년 2학년 학생들을 가르칠 때였다. 글자를 낱자로 분할한 후 낱자의 위치를 설명했더니 아이들의 글씨가 설명 즉시 달라졌다. 드디어 글자의 모양에 맞게 쓰게 하는 일반적인 설명을 찾은 것이다.

낱자의 위치를 익힌 뒤 그 위치에 쓰면 된다. 먼저 칸마다 점선이 십자(十)로 그어진 공책을 준비한다. 각 칸은 십자(十) 점선에 의해 다시 작은 네 칸으로 분할되는데, 각각의 칸에 1, 2, 3, 4로 번호를 붙여 준다. 그 후 글자마다 낱자의 수를 세어 본다. 낱자가 4개인 글자부터 시작한다. '읽, 밝, 닭, 맑' 등이 해당한다. '읽'의 낱자는 'ㅇ, ㅣ, ㄹ, ㄱ'이다. 네 개의 낱자를 1, 2, 3, 4번 칸에 순서대로 쓰게 한다. 낱자가 3개인 '정'의 경우에는 위의 낱자 두 개 'ㅈ, ㅓ'는 1번과 2번 칸에, 받침 'ㅇ'은 3번과 4번 가운뎃줄 위에 쓰면 된다. 낱자가 4개인 글자부터 시작하면 낱자별 위치에 대한 감을 빨리 잡는다. 글자를 이렇게 쓰면 최소한 읽을 수 있는 글씨를 쓸 수 있다.

같은 낱자라도 글자마다 모양이 다르다. 낱자가 차지할 공간의 크기로 그 모양을 설명했더니 쉽게 이해했다. 같은 'ㄱ'이지만 '가, 고, 구, 각, 곡, 곽'의 'ㄱ'은 모양이 다 다르다. '가'의 'ㄱ'은 1과 3번 칸이니 길게 써야 한다. 각의 초성 'ㄱ'은 1번 칸에 써야 하니 그 칸의 가운데에 짧게 쓰면 된다. 이렇게 어느 정도 연습하고 나면 칸 공책이 없어도 바르게 쓸 수 있다. 1, 2, 3, 4번 칸을 상상해 위치를 잡은 후 글자를 쓰면 되기 때문이다.

쉽게 설명하는 것은 여전히 어렵다. 교사의 일방적인 수정 안내는 그 순간뿐이었다. 그 후 나는 가만히 있으면서 아이들에게 변화를 요구하지 않는다. 또 학생들은 가만히 있는데 나만 애쓰지도 않는다. 글자 모양이든 행동이든 끊임없이 상호작용해야 역동적인 에너지가 발생한다. 낱자의 위치에 대한 설명은 학생 스스로 그 위치를 찾고 낱자의 위치에서 낱자 모양을 고민하게 하는 결과를 만들었다. 학생 스스로 바른 글자 모양을 판별할 수 있게 된 것이다.

"'ㄹ'이 너무 앞으로 오지 않았니?"

"아하! 3번과 4번 가운뎃줄 위에 써야 해요. 선생님."

이 경험의 결과일까? 구체적으로 행동할 수 있도록 설명하려고 애쓴다. 그렇게 설명하지 못하면 차라리 입을 닫는다. 설명할 수 있을 때까지 기다리지 '잘하자, 정성껏 하자'로 책임을 전가하지 않는다. '잘'과 '정성껏'의 주체는 타인이 아니라 자기 자신이 되어야 한다. 타인이 그것을 요구하는 것은 억압이다. 쉽게 설명을 한 후 잘할 수 있도록, 정성을 기울일 수 있도록 바라봐 주고 귀 기울여 줄 뿐.

정치적인 인간

생활 속 갈등이나 문제를 협의해 해결하는 것이 넓은 의미의 정치라고 6학년 사회책에 기록되어 있다. 나는 정치적 성향이 아주 옅은 사람이다. 하지만 아이들만큼은 정치적인 인간으로 가르치고 싶었다.

어린아이가 자기 욕망을 달성하기 위해 엄마에게 떼쓰는 것부터 정치라고 한다. 하지만 나는 욕망을 달성하려고 누구에게든 떼를 쓴 기억이 별로 없다. 어렸을 때는 업고 있다가 툭 구불쳐 놓아도 그냥 잠이 들 정도로 순한 아이였다고 한다. 툭 던져지는 불편함도 내색하지 않았던 것처럼 지금도 잘 순응하는 사람이다.

혼자 한국 현대사를 공부할 때의 일이다. 시대 상황에 너무 무지했던 자신을 통탄해하며 가슴을 친 적이 있다.

"도대체 넌!"
"넌 도대체 뭘 했냐?"

1985년부터 야당과 재야 세력은 대통령 직선제 개헌을 주장하기 시작했다. 간선제로 선출된 전두환은 정권 유지에 위협을 느꼈는지 모든 개헌 논의를 금지한다는 4·13 호헌조치를 단행했다. 1987년 1월 박종철 군이 고문과 폭행으로 사망했다. 박종철 군 고문치사 사건의 진상 규명과 대통령 직선제 요구로 시위는 더 거세졌다.

1987년 6월 9일 이한열 군의 최루탄 피격 사건이 도화선이 되어 반정부 시위가 전국적으로 번졌다. 대구 동성로에서도 매일같이 시위가 있었다. 이웃 학교에도 늘 최루 가스가 자욱했다. 나는 최루 가스에 눈물을 진탕 흘리면서도 시민들과 학생들이 외치는 이유를 알아보려고 하지 않았다. 어떻게 그런 상황에서도 귀를 닫을 수 있었는지. 광주 민주화 사진 전시회도 마치 먼 나라 일인 듯 지나쳤다. 나의 무관심에도 대통령을 직선제로 뽑겠다는 6·29 선언이 있었고, 그해 12월 처음으로 국민의 손으로 대통령을 뽑았다.

친구들이 피 흘려 이룬 대통령 직선제인데 나는 아무 생각 없이 투표했다. 후보자 중 누구든 찍을 수 있다. 그러나 자신을 설득할 합리적인 이유 없이는 안 될 일이다. 1987년 나는 대학교 4학년이었다. 선거 전날 어둑어둑할 무렵이었다. 학교 앞 은행에서 볼일을 보고 나오다가 두 아주머니에게서 들은 한마디가 그해 대통령 선거에 관해 들은 정보의 전부였다.

"인물을 봐. 그 사람이 딱! 대통령감이야."

다음 날 아주머니의 말이 진실인 듯 그의 이름을 꾸욱 눌러 찍었다. 나의 무지로 민주화는 멀어졌다. 내 또래 누구는 제주도로 피신했고 또 누구는 감옥에 갔다는 이야기를 먼 훗날 그들의 강의를 통해 알았다. 아무 생각 없이 지나가는 아주머니의 말만 듣고 판단했다. 나는 정치적 인간이 아니다. 정치적이려면 상대가 누구든 생각이 다를 때는 절충을 위해 치열한 논쟁을 해야 한다. 하지만 나는 논쟁하기보다 슬그머니 내 생각을 내려놓는다. 동의하지 않는 결론일 때도 불의가 아니라면 웬만하면 따라간다. 무지에도 정치는 없지만, 순응에도 정치는 없다.

내가 가르치는 아이들만은 정치적 인간으로 키우고 싶었다. 먼저 아이들 이야기를 들어 주기로 했다. 샘의 물을 계속 퍼내면 물길이 확장되고 퍼내지 않으면 물길이 막히는 것처럼 생각도 똑같다. 들어 주어야 생각의 샘이 커진다. 언제, 무슨 이야기든 눈높이를 맞추어 귀를 기울였다. 우리 반의 문제를 협의해 해결하는 정치 행위의 결과로 평화로운 교실을 만들고 싶었다.

학급에서 욕망이 가장 난무하는 때는 급식 시간이다. 먼저 먹기 위해 서로 앞에 서려고 늘 경쟁한다. 점심 먹는 순서를 정하는 첫 번째 규칙은 선착순이었다. 이 규칙은 협의하기 전의 자연 규칙이다. 선착순은 꽤 괜찮은 규칙이다. 먹는 것에 관심이 많은 아이는 민첩하게 앞에 서고, 행동이 느린 아이는 자연스럽게 그 뒤에 서면서 순서가 정해진다. 빠르고 늦은 다양한 성향에 부합하는 규칙인데 문제가 생겼다. 앞에 서는 아이들 사이에서 서로 먼저 왔다며 실랑이가 일어나 규칙을 바꾸기로 했다.

두 번째 규칙은 번호순이었다. 뒷번호 학생들이 바로 문제를 제기했다. 자신들은 늘 꼴찌라는 것이다. 그래서 번호순대로 하되 앞번호와 뒷번호가 일주일씩 바꿔 가며 앞에 서기로 결론을 내리고 시행했다.

그런데 이 규칙에도 문제가 있었다.

"선생님! 번호순이라 친한 친구와 밥을 먹을 수 없어요. 점심시간이 재미없어요. 규칙 바꿔 주세요."

2학년 꼬맹이들이 한참을 갑론을박했다. 한 녀석이 기발한 제안을 했다.

"함께 먹고 싶은 사람 중 앞번호 학생이 뒷번호 학생의 뒤에 줄을 서요."

즉, 좋아하는 친구와 점심을 먹기 위해 뒤로만 움직이고 앞으로 가는 것을 금하자는 것이다. 그렇게 하면 친구들과 함께 먹어서 좋고 또 친구를 찾아 뒤로 가면 다른 친구들은 조금이라도 더 일찍 먹을 수 있으니 모두가 좋다고 했다.

세 번째 규칙 시행 후 빨리 먹는 것보다 좋아하는 친구와 먹겠다는 아이들이 조금씩 늘어났다. 자연스럽게 앞으로 가려고 다투는 아이가 사라졌다. 이후 줄서기는 고픈 배를 참고 먹을 것만 생각하는 지루한 기다림이 아니라 친구와 만나는 즐거운 시간이 되었다. 내가 원하는 친구와 밥 먹기 위해서는 뒤로만 갈 수 있다는 꼴랑 그 규칙 하나로 욕망이 전이되었다.

그해 3월 말, 내가 교실을 비운 사이 체스 놀이를 하다가 한 아이가 눈 주위를 좀 다쳤다. 생활 규칙이 자리잡힐 때까지 놀이도구는 내놓지 않기로 했다. 점심 먹는 순서 규칙을 제대로 만들어 본 결과인지 놀이도구가 없어도 스스로 친구들과 놀이를 만들기 시작했다. 반 아이들이 함께하는 시장 놀이는 정말 창의적이었다. 그즈음 수두가 조금씩 확산이 되고 있어서 급히 조사해야 할 일이 발생했다. 감히 쉬는 시간에 말이다.

"애들아, 잠시 좀 앉아 볼래? 이것 좀…."

내 말이 채 끝나기도 전에 동현이가 말했다.

"선생님, 이렇게 평화로운 쉬는 시간에…."

2학년 쪼그마한 녀석이 학습지 바구니 앞에 쪼그리고 앉아 말간 얼굴로 쳐다보며 한 말이다. '이렇게 평화로운 쉬는 시간에….'라고 한 뒤 '그걸 꼭 하셔야 해요?'라고 까지는 하지 않았지만 물러서지 않을 수 없었다. 우리의 평화는 그렇게 만들어졌다. 자신의 욕망을 무시하지 않으면서도 친구를 배려하는 방향으로.

에필로그

대학교 때 글을 끄적거린 적이 있다.
내 글을 읽은 친구들의 평가는 '이해가 잘 안된다'였다.
내가 이해하지 못하는 유치환 시인의 〈생명의 서〉와 내 글의 차이는 뭘까?
글쓰기를 중단했던 시절에도 문득문득 떠올린 물음이었다.
이번 글쓰기에서도 내 글에 대한 친구들의 피드백은 '무슨 말인지 모르겠다'가 유독 많았다.

생텍쥐페리는 어린 시절 '원시림'에 관한 책에서 보아뱀은 먹이를 씹지 않고 통째로 삼킨 후, 그걸 소화시키느라 꼼짝도 하지 않고 여섯 달 동안 잠을 잔다는 내용을 읽었다. 만약 보아뱀이 코끼리를 삼키면 어떤 모습일지 혼자 상상하고는 그 형상을 중절모 비슷하게 그렸다. 그것이 그의 1호 그림이다. 실제 일어날 수 없는 일을 상상해 놓고 어떠한 설명도 없이 중절모를 보여준 후 코끼리를 소화시키는 보아뱀을 알아보지 못한다고 어른을 탓했다. 독자를 이해시키지 못하는 내 글도 생텍쥐페리의 '1호 그림'과 닮지 않았을까?

올해 초에 쓴 글을 여름이 다 갈 때까지 고치고 또 고쳤다.

수정한 글이 더 나은지에 대한 감까지 가물가물할 무렵, 몸으로 글을 살폈다.

고개를 갸웃하거나 의자를 뒤로 밀어 멀리서 바라보기도 했다.

물리적인 거리 탓인지 처음으로 독자의 관점에서 글이 보였다.

결론만 툭 던져 놓은 글이었다.

나의 독특한 경험을 독자와 공유하려면 읽는 것만으로 코끼리를 삼킨 보아뱀이라는 것을 알 수 있게 표현해야 한다.

더 나아가 전과 후의 과정까지 간접 체험할 수 있게 써야 한다.

그런데 글만이 아니었다.

나 자신도 조금씩 조금씩 객관화되기 시작했다.

오래전 싫어했던 한 사람이 있었다. 잘나지도 못한 사람이 이것저것 간섭을 해 싫었다.

〈그리움! 회복할 수 있을까?〉에서 엄마에 대한 글을 여러 차례 수정하다 보니 나 역시 엄마를 심하게 간섭하는 사람이었던 것이 이제야 보였다.

친구랑 한적한 숲에서 무화과를 따 먹다가
푸른 잎 가득한 7월에 핀 목련을 보았다.

때가 아니라는 갈등
남과 다르다는 갈등
그럼에도 피워 내야만 했던 숙연함이 전해져 왔다.

꽃 피어야 할 계절이 다 지난 후
나만의 꽃을 피운다. 7월에.

바구니는 저절로 만들어진 게 아니에요

전경옥

흔들리며 가는 것이 인생이더군요.
흔들흔들 인생의 리듬을 타며 남편,
두 딸과 함께 50대 커리어 우먼으로 살고 있습니다.
책과 자연에서 온전한 나를 발견합니다.
인생 후반전에도 봄날이 온다고 믿으며 오늘도 나아갑니다.
jko2505@naver.com

프롤로그

내 삶의 주인공은 나다
열정을 가지고 일하는 여자는 아름답다
엄마, 여자에게 엄마라는 존재는?
다른 사람들에게 순수한 관심을 기울이자
책은 세상을 이어 주는 창이다
지금을 사는 것은 죽은 자를 기억하고
태어나지 않은 자를 위하는 것이다
숲을 만나다, 삶을 사랑하다
내 편일까, 남의 편일까?
은퇴는 또 다른 꿈을 향한 도전이다
아이를 통해 비로소 어른이 된다

에필로그

프롤로그

올해 나이 쉰두 살이다. 또래의 '적령기'를 비켜나서 개성적인 삶을 살아왔다.

서른일곱에 결혼하고 서른아홉에 첫째 딸, 마흔둘에 둘째 딸을 출산하다 보니, 남들이 대학생 성인 자녀를 둔 나이에 초등학생과 중학생 자녀를 키우는 학부모다.

보통 사람들처럼 '적령기'를 지키는 삶의 과정을 따르지 않았다는 이유로 부모님에게 불효했고, "왜 결혼하지 않나요?"라는 질문을 받는 관심의 대상이 되기도 했다.

딱히 결혼하고 싶은 대상도 없었고, 일에 대한 열정이 식은 것도 아니었기에 결혼은 늘 관심 밖이었다.

20대 중반 길거리에서 우연히 연간 몇 권의 책을 읽는지를 묻는 설문에 응한 적이 있다. 직장 생활 5~6년이 지나 안정기에 접어든 시점에 마주한 이 설문 조사는 내 인생에 큰 획을 그었다. 대학을 졸업하고 그동안 책을 가까이하지 않은 데 대한 자기반성의 계기가 된 것이었다.

그때부터 매달 책 2권 읽기를 목표로 세우고 책과 친숙해지기 위해 노력했다. 덕분에 꾸준히 책을 좋아하고 가까이하는 습관이 형성되었고, 지금은 기억에 남는 책 내용을 필사하기에 이르렀다.

책 읽기를 시작으로 매해 한 가지 목표를 세워 그것을 이루고자 시도하며 열정을 쏟았다. 그러다 보니 혼자 식당에서 밥 먹기와 영화 보기, 방학 때 여행하기 등 많은 시도와 경험을 하게 되었다. 그래서 더욱더 결혼에 대한 생각이 없었던 것 같다.

그러다가 석사 졸업을 앞둔 서른여덟 되던 해에 "결혼을 해 볼까?"라는 목표를 가지게 되었고, 주변인으로 있던 지금의 남편과 결혼했다.

결혼 전, 친구들의 결혼 생활을 보면서 당연히 나도 사직하고 가정주부로서 제2의 인생을 살아갈 줄 알았다. 그동안 듣고 보고 배운 대로 아이를 잘 키우는 '엄마'와 '현명한 아내'가 되고 싶었다. 그러나 현실은 바람과는 정반대로 나를 이끌었다.

30대 후반에 첫 사회생활을 경험하는 남편 앞에서 차마 직장을 그만두겠다고 말하지 못했다. 직장, 가사, 육아, 가장으로서 삶의 무게를 감당해야 했다.

억척스러운 슈퍼우먼이 될 수밖에 없었다. 처녀 시절의 여유와 낭만, 취미 생활 등은 옛날 옛적의 이야기가 되어 버렸다.

서른여덟 살에 뜻밖의 행운으로 아파트 단지 내 어린이집을 운영하게 되었다. 첫째의 출산이 임박한 시기였다. 어린이집 개원 한 달 후 첫째가 세상에 나왔다. '엄마' 이전에 사업가로서 어린이집을 정상화하고자 낮에는 일 중독자로, 밤에는 엄마로 최선을 다했다. 그러다가 마흔두 살에 둘째를 출산하고, 두 아이의 교육을 위해 주말에는 문화센터와 도서관을 전전하는 열혈 엄마로 살았다. 첫째 8살(2학년), 둘째 6살에 박사과정 공부를 시작했다.

그때가 2016년, 2학기부터는 대학교 강의까지 하게 되었다. 박사과정 공부, 어린이집 운영, 어린이집 평가인증 컨설턴트, 엄마 역할, 대학교 강의 등 시간을 천금같이 사용했다. 제일 힘든 시기였지만, 제일 보람된 시기이기도 했다.

정호승 작가는 『내 인생에 용기가 되어준 한마디』에서 이런 말을 했다.

"고통은 극복이 아니고 견딤이다. 이 견딤이 쓰임을 낳는다. 견딜 줄 모르면 쓰일 데가 없다."

"견딤은 미래의 나를 준비하는 과정이다."

끝날 것 같지 않던 캄캄하고 두렵기만 하던 긴 터널을 쉰 살이 넘은 나이에 막 지나 왔다.

지금은 각자의 개성대로 잘 자라고 있는 두 딸, 뚝심으로 잘 견디면서 하고자 하는 일을 성취해 제2의 인생을 살고 있는 남편, 용기와 인내가 참 달게 느껴지는 요즈음의 나!

인생은 잘 짜인 이론서나 교과서가 아니다.

대한민국의 여성으로, 직장맘으로, 슈퍼우먼으로 살아가기 위해서는 필요한 인생 공부가 참 많다는 걸 반백 살이 넘은 나이에 깨닫는다.

바구니는 저절로 만들어지는 것이 아니다. 짜는 사람의 관심과 노력, 인내가 있어야 하는 법이다. 나는 오늘도 무지갯빛의 바구니를 열심히 만들고 있다.

내 삶의 주인공은 나다

삶의 순간순간은 선택과 결정의 연속이다. 그리고 현재는 선택과 결정의 결과다.

부유한 농사꾼의 다섯 남매 중 둘째로 태어나 뒤처지지 않을 만큼 공부해 대학에서 유아교육을 전공했다. 언니의 강력한 권유로 선택한 학과였다. 차츰 적응하며 유아 교사로서의 길을 사명감과 책임감으로 걸어왔다. 지금까지 후회는 없다. 스물세 살부터 그 길을 걸으며 때로는 쉬었다 가기도, 가끔은 전공에 대한 지식을 채우고자 진학하며 지금까지 외길을 걷고 있다. 적성에 딱 맞는 선택과 결정이었다.

2018년, 정말 뜻밖의 행운이 찾아왔다.

초등학교에서 계약직 방과후 교사로 재직하며 석사 논문을 마무리하던 5월로 기억한다. 지인의 정보로 LH 아파트 단지 내 어린이집 원장 공모에 지원했고, 추첨으로 당첨되었다. 무려 48 대 1이라는 경쟁을 뚫고 당첨된 것이다. 유아교육의 길을 걷는 사람에게는 소위 로또를 맞은 것이나 다름없었다.

2018년 12월에 어린이집을 개원하고, 2019년 1월 첫째 아이를 출산했다.

내 철학으로 어린이집을 운영할 수 있고, 자녀 양육도 배운 대로 실천할 수 있는 참 좋은 상황이었다. 천운의 기회로 얻은 '어린이집 원장'의 길에 성실과 전문성, 신뢰가 사업 성공의 길이라 여겼다.

자녀 양육과 어린이집 운영 두 가지 모두 성공하고 싶었다. 새벽형 인간으로 나를 변화시켜 갔다. 새벽 5시에 기상했고, 지금은 습관이 되었다.

고요하게 찾아오는 새벽은 안정감을 주고 오롯이 내게 집중할 수 있는 시간이다.

아마도 내가 새벽형 인간으로 바뀌게 된 또 다른 이유는 자기 인생을 즐길 나이에 아직 어린 자녀가 있는 만큼 시간을 내어 취미 생활과 나를 위로하는 시간이 필요했던 까닭이기도 했다. 그렇게 만난 것이 그림책의 세계다.

그림책 관련 교육이나 온라인으로 이루어지는 작가와의 만남, 자율적인 공부 동아리, 그림책방 탐방 등을 시작해 지금까지 이어 오고 있다.

전국의 그림책사랑교사모임 밴드에 가입하면 거기에서 파생되는 온라인 동아리 모임이 많다. 그중 한 가지가 새벽에 하는 윤독 모임이다.

인문 도서를 선정해 6시부터 20분간 윤독한다. 혼자서는 미루게 되는 책 보기가 함께하니 수월하고 재미도 있다. 책을 읽고 난 후에는 그림책 필사 밴드에서 그날 당번이 올린 그림책 내용을 필사해 인증한다. 필사는 "나는 좀 괜찮은 사람이야!"라는 주문이 되어 하루를 에너지 가득한 날로 만들어 준다. 또한 필사 노트는 위로가 되거나 기억하고 싶은 문장들을 모은 저장소가 되어 원할 때마다 꺼내어 되새기게 도와준다.

'나'로서 반짝 빛이 나는 시간은 새벽 2시간 30분 남짓이다.

스스로 토닥이기도 하고, 도전 의지를 다지기도 하고, 반성도 하는 시간이다.

남보다 일찍 아침을 열면 열심히 사는 사람이라고 스스로 칭찬하고 싶어진다. 낙숫물이 천천히 바윗돌을 깨듯이 나의 이러한 행보는 미래의 선택에 대한 폭을 넓히기 위해 종자를 은행에 채워 놓으려는 의식이기도 하다.

나는 세상에 대한 호기심이 많고 삶에 적극적인 사람이다. 그런 만큼 흥미가 가는 것에 적극적으로 도전한다. 삶에 진심을 가지고 살고자 노력한다. 일찍 일어나는 새가 좋은 먹잇감을 구할 수 있다고, 하루를 다른 사람보다 일찍 시작해 알차게 보내고 있으니 취미가 제2의 직업이나 부케가 될 수 있기를 바란다.

나는 이어령 교수가 말한 '럭셔리한 사람'이라고 생각한다. 즉, 이야기가 많은 삶을 사는 사람이다. 앞으로도 소신껏 선택한 결정과 노력으로 삶의 럭셔리한 주인공으로 살아가고 싶다.

열정을 가지고 일하는 여자는 아름답다

어릴 적 꿈은 '현모양처'였던 것 같다. 결혼 적령기가 되어서는 결혼하면 일을 그만두고 육아와 가사에만 전념하리라 막연히 기대하고 있었다. 아이를 잘 키우면서 남편 뒷바라지를 잘하는 여자가 되고 싶었다. 그것이 여자의 일생이라고 여겼다. 하지만 희망과 기대는 정반대 방향으로 가는 것이 삶이 아니던가!

결혼과 동시에 내가 해내고 넘어야 할 산이 많았다. 신혼 시절은 결혼 전에 시작한 석사 공부의 마지막 관문인 논문 쓰기에 몰두한 나머지 기억에 없다. 낮에는 초등학교 방과후 교사로, 밤에는 논문 작성으로 항상 잠이 모자란 시기였기에 '신혼 생활을 즐겨야지' 하는 생각을 감히 실천하지 못했다.

남편 또한 고시원에서 공부만 하다가 막 자기 일을 시작하던 때라 경제적인 안정을 기대하기 힘들었다. 넉넉하지 않은 시댁 형편에 딸이 고생하리라는 친정 부모님의 우려에도 감행한 결혼이었던 만큼 신혼집 마련을 위해 양가에 손을 벌리기엔 너무 염치가 없었다.

큰 시누이가 살던 17평 월세 아파트에서 남편과 나는 신혼의 달콤함을 누리기보다는 현실의 무게에 각자의 방식으로 맞서고 있었다.

불안과 우울로 보내던 그때 첫 번째 행운이 찾아왔다. 논문 마지막 테스트를 일주일 앞둔 결혼 10개월째에 임신이 된 것이다. 석사 졸업이라는 과업을 마무리하는 시기에 찾아온 아기가 얼마나 고마웠는지 모른다. 늦은 결혼이었기에 양가 부모님의 기대와 걱정, 남편과 나의 걱정을 눈 녹듯이 싹 사라지게 한 보물이었다. 학업에 대한 성취 목적을 달성하고 나니 이제는 태교라는 새로운 목표가 생겼다. 영유아 발달 시기에 대한 공부, 태아 성장이론서 읽기, 보건소 태교 운동 프로그램 참여하기, 아기 옷 만들기 등 '엄마 되기' 공부를 시작했다. 석사 졸업 후 첫 아이 임신 5개월까지 태교 하나에만 몰두했던 그때는 내 인생에서 가장 마음이 편안한 시기였다.

그해 두 번째 행운으로 LH 아파트 단지 내에서 어린이집을 운영할 기회가 생겼다. 만삭이 될 때까지 개원을 준비하고 출산했다. 어린이집 정상화를 위해 낮에는 일, 밤에는 육아를 하며 쉴 새 없이 나를 몰아갔다. 주말조차 아이의 문화센터 수업으로 바쁜 일과를 보냈다. 다른 사람들은 친정과 시댁에서 도움을 받았지만, 나는 양쪽 부모님에게 손을 빌리고 싶지도 않고 빌릴 수도 없는 상황이라 오롯이 홀로 감당해야 했다.

40대에 육아와 일, 박사과정 공부, 대학교 강의 등 네 가지 일을 해야 하는 초초슈퍼우먼이 되어야 했다. 당시 가장 많이 되뇐 말이 '이 또한 지나가리라'였다. 모질고 길게만 여겨지던 40대의 암울한 터널을 지나 50대가 된 후로는 '나'의 삶에 집중하기 시작했다. 다양한 저녁 모임, 계 모임, 일과 관련된 연수, 나에게 투자하는 쇼핑, 나를 위한 홀로 여행 등 삶에 여유가 생겼다. 노력한 만큼 기회를 잡은 행운의 경험자로서 진심을 다해 하루하루를 보내고 있다. 이러한 삶의 태도가 동료 교사들에게도 전이되어 따뜻한 조직 풍토가 형성되는 듯하다.

영화배우 윤여정은 한 인터뷰에서 "직업은 여러분의 일부분이고, 당신의 이름과 당신 자신을 대변한다"라고 했다. 일을 포기하지 않고 직업을 가진 여성으로서 사회에 공헌할 수 있음에 감사함을 느낀다. 또한 나를 드러낼 수 있는, 나의 교육 철학을 마음껏 펼칠 수 있는 공간이 있다는 사실에 감사한다. 매일매일 웃음이 가득하고 배움과 성장이 있는 어린이집 원장으로서의 삶이 행복하다.

엄마, 여자에게 엄마라는 존재는?

돌아가시기 전에는 몰랐다. '엄마'라는 이름이 이토록 깊숙이 마음을 아프게 할 줄은.

3년 전 국공립 어린이집 개원을 준비하던 시기에 엄마가 돌아가셨다. '폐암'이었지만, 엄마는 기꺼이 병을 이겨내시리라 여겼다. 다가올 엄마의 죽음을 회피했는지도 모르겠다. 늘 기대고 싶었는데 엄마는 딸에게 위로와 곁을 내어주지 못하셨다. 어떻게 하는지 방법을 알지 못하셨는지도 모르겠다.

엄마는 20대 초반에 엄마의 부재를 겪으셨다. 남존여비가 강한 집에 시집와서 아들을 못 낳아 전전긍긍하셨다. 30대에 과부가 된 후 외아들만을 최고로 여기는 시어머니의 시집살이, 시조부까지 챙겨야 하는 외며느리, 자기밖에 모르는 남편의 응석과 그늘이 되어야 했다.

이러한 결혼 후 환경이 엄마를 여장부 기질로 변화하게 했을 것이다. 집안의 큰며느리로 대소사와 많은 농사일을 혼자 감당해야 했기에 여유 한 자락 없었던 엄마의 인생이었다. 도움이나 위로의 손길을 기대하기는 어려웠다.

신랑의 직업과 친정보다 가난했던 시댁의 경제력에 엄마는 결혼을 반대하셨다. 일과 육아, 공부 등을 핑계로 철저히 출가외인 딸이 되었다. 신혼 초기에 기본 자금도 없이 어린이집을 개원하게 되어 금전적으로 친정의 도움을 받게 되었다. 경제적으로 독립하지 못해 죄송했다. 한편으로는 남동생들에게 아파트 전세 자금과 사업 자금을 내어 주며 차별하는 모습에 화가 났다. 그 일로 엄마와의 거리가 소원해졌다. 그렇게 엄마는 내게 불편한 존재였다.

하지만 돌아가시고 나니 '좀 더'라는 말이 불쑥불쑥 나온다.

"좀 더 애정의 말을 자주 건넬 걸…."
"좀 더 시간을 함께 보낼걸…."
"좀 더 자주 찾아뵐걸…."

엄마는 내가 제일 힘들고 바쁜 시기에 암이 발병했다. 엄마에게 할애할 시간적 여유가 없었다. 그러다 보니 밥은 챙겨 먹는지 아프지는 않은지 보러오지 않는다는 잔소리에 짜증만 냈다. 마음의 거리도 점점 멀어졌다. '엄마'라는 존재가 사라지고 난 후 알게 되었다. 후회되었다. 아쉬웠다. 여자에게 '엄마'는 생존해 계시기만 해도 든든한 에너지가 된다는 것을 그때는 몰랐다.

지금은 마음이 아파 함께 보냈던 시골집을 잘 가지 못한다. 산소도 자주 찾아가지 못한다. 마음먹고 가는 날이면 내 안의 모든 에너지를 소진하게 되어 두렵고 꺼리게 된다.

'불효자는 웁니다'라는 노래가 있다. 엄마를 생각하면 불효자인 나는 매일 마음속에 켜켜이 쌓았던 슬픔을 소리도 내지 못한 채 삼킨다. 힘든 시간이 오면 조용히 "엄마"라고 소리 죽여 부르게 된다. 엄마는 힘들 때도 좋을 때도 생각나는, 하지만 따뜻한 온기가 아니라 미지근한 미온수 같은 애증의 존재다. 아직도 엄마에 대해 떠나보내지 못한 감정이 남아 있나 보다. 언제쯤 엄마의 따뜻한 웃음이 내게 자리 잡게 될까?

7월 중순이다. 엄마 3주년 기일이 며칠 남지 않았다.

나와 남편의 안정적인 직장 생활과 잘 자라주고 있는 아이들의 모습에서 문득 '엄마가 하늘에서 지켜주고 있구나!'라는 생각이 떠오른다. 살아생전 표현이 서툴렀던 애정을 하늘에서 표현하고 계시는 것으로 느껴진다.

엄마가 글씨 공부하던 공책을 차마 버리지 못하고 주방 한쪽에 두었다. 그동안 공책의 존재를 알면서도 외면하고 있었는데, '엄마'를 소재로 글을 쓰다가 주방으로 달려갔다. 공책은 대부분 글씨 공부를 하던 연습장이지만 딱 한 페이지에 엄마의 생각과 느낌이 일기로 남아 있어 유품으로 가지고 있었다. 엄마의 소녀 감성이 너무 좋아서, 엄마의 삐뚤빼뚤 글씨가 너무 정겨워서 평생 간직하리라 여겼다. 욕심내어 그 페이지를 사진 찍어 영원히 간직할 장치를 만들어 본다.

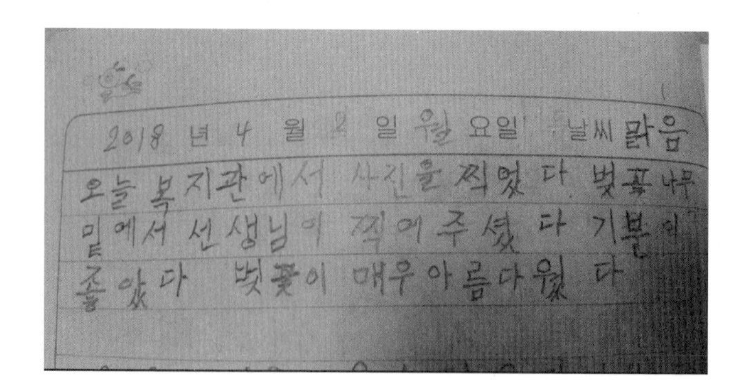
2018 년 4 월 2 일 월 요일 날씨 맑음
오늘 복지관에서 사진을 찍었다 벚꽃나무
밑에서 선생님이 찍어주셨다 기분이
좋았다 벚꽃이 매우 아름다웠다

"엄마, 그리워요."

눈물이 한 방울 툭 떨어진다.

이맘때면 엄마 묘지 옆에 심긴 배롱나무에 꽃이 활짝 핀다. 엄마의 표현처럼 배롱나무꽃이 매우 아름답겠다.

다른 사람에게 순수한 관심을 기울이자

나는 사람을 많이 만나는 어린이집 원장이다.

가족 같은 동료 교직원, 순수한 영혼의 영유아들과 매일 함께한다. 그 외에도 아이를 위해 더 나은 어린이집을 선택하고자 하는 열망을 가진 학부모들, 맞벌이 자녀를 위해 기꺼이 헌신해 주시는 조부모들, 운영에 윤활유가 되어 주는 여러 직업인 등 이 일을 통해 만나는 연령대가 참 다양하다.

'관계'에 대해 고민하기 시작한 것은 2019년 국공립 어린이집 원장이 된 이후였다. 삶의 터전이었던 대구광역시 중구에서 동구로 지역을 옮기면서 시작되었던 것 같다. 새로운 환경에서 사람을 만나는 것과 내가 누구인지 드러내야 한다는 부담감 때문이었다. 자연스럽고 우연한 만남보다는 의례적이고 나 자신을 소개해야 하는 만남이 더 많았다. 그동안 사람을 만나는 자리가 편안하게 상대방의 얘기를 잘 들어 주며 간간이 내 얘기를 할 수 있는 자리였다면, 지금은 계속해서 내가 누구인지 얘기하고 화제의 중심이 되는 불편하고 피하고 싶은 자리가 되었다.

어떻게 하면 '관계'를 잘할 수 있을까 고민하다가 『데일 카네기의 인간관계론』을 읽게 되었다. 책 내용 중 심리학자 아들러가 "다른 사람들에게 관심이 없는 사람은 인생을 사는

데 굉장히 어려움을 겪게 되고, 다른 사람에게도 해를 끼치게 된다. 인간의 모든 실패는 바로 이런 유형의 인물에게서 비롯된다"라고 한 말이 가슴 깊이 다가왔다. 나는 다른 사람에게 관심이 없었다. 나 자신이 관심 대상이 된다는 것에만 신경 썼을 뿐 다른 사람에게는 관심을 보이지 않았음을 문득 깨닫게 되었다.

2020년에 시작된 코로나 팬데믹이 2년이 지난 지금도 계속되고 있다. 그로 인해 우리 삶의 형태와 사고에도 많은 변화가 있었다. '여럿이, 같이, 다 함께'보다는 '혼자, 나, 우리 가족'이 더 익숙해진 삶이 되었다. 마스크 착용이 의무화되면서 관계에도 변화가 생겼다. 교직원 채용이나 학부모 상담을 해야 하는 상황에서 첫인상과 첫 전화 목소리에 많이 반응한다는 것을 알게 되었다. 비대면에서는 전화기에서 들려오는 목소리 톤과 상냥함의 정도, 대화의 이해도를 살피고, 대면에서는 얼굴 형태, 눈빛, 복장의 밝기, 사소한 행동을 유심히 관찰한다. 그런 것들이 사람을 평가하는 중요한 기준이 되었다.

올해 4월 말에 유선으로 신입생 입학 상담을 했다. 전화기 너머로 들려오는 투박한 목소리에 조심스럽게 입학 절차를 안내했다. 설명이 끝나자 학부모는 "주변 사람들이 얘기해서요. 우리 애는 아닌데 혹시 아이가 깨물거나 할퀴어도 어린이집에서 퇴소시키지 않나요?"라고 물었다. 25년 세월 처음 듣는 질문에 여운이 많이 남는 통화였다. 통화 중에 들려오는 소란스러움과 어머니의 질문이 신경 쓰였지만 실제 어린이집에 방문해 상담한 것이 아니라서 까맣게 잊고 지냈다.

일주일 후 별다른 상담 약속 없이 한 어머니가 3살 남녀 쌍둥이를 데리고 어린이집을 방문했다. 아이가 함께 올 경우에는 아이의 행동에 반응하며 상담에 임해야 한다. 아이의 호기심과 집중도를 고려해 짧은 시간 안에 어머니에게 어린이집 생활에 대한 안내를 끝내야만 한다. 쌍둥이 중 남자아이가 유독 산만해 상담이 중간에 계속 끊어졌다. 어머니는 아이의 안전에 자꾸 신경을 쓰게 되자 결국 "선생님, 그만 가야겠어요. 나중에 오게 되면 전화드릴게요"라며 급히 아이를 따라 나갔다.

두 아이는 5월 2일부터 어린이집에 다니기 시작했다. 상담 때 모습처럼 남자아이는 반복되는 돌발 행동을 보였고, 여자아이는 분리 불안으로 항상 담임 선생님 피부에 살을 맞대고 있어야 했다. 한 달 내내 보조 선생님을 함께 배치했다.

6월 첫 주, 초긴장 상태에서 근무하던 담임 선생님이 아이 5명을 인솔해 바깥 놀이를 나갔다가 얼굴이 새파랗게 질린 채 돌아왔다. 아파트 주민이 달려와 선생님에게 이렇게 얘기했다는 것이다.

"선생님, 우는 아이를 이렇게 오랫동안 방치해도 되나요? 지난번에는 머리 짧은 선생님이 아이를 들어 올릴 때 팔을 세게 잡아서 올리던데, 아동 학대 아닌가요? 내가 며칠 동안 선생님들 행동을 봤어요. 얘가 그 애군요."

어린이집 근무자는 '아동 학대'라는 말만 들어도 심한 부담을 느끼고, 신고에 대한 두려움이 생긴다. 소문으로 말이 전해지기보다 학부모에게 직접 얘기하는 것이 좋겠다고 판단해 부모 상담을 요청했다. 그날 사건과 더불어 한 달 동안 두 아이의 적응에 대한 상담이 함께 이루어졌다. 분리 불안이 심한 여자아이와 규칙과 안전에 취약한 남자아이의 행동, 외관상 나타나는 어머니의 육아 스트레스에 관해 이야기한 후 자기 치유 시간을 가지는 것이 좋겠다고 말했다. 그런 다음 아이들의 적응은 천천히 시간을 가지되, 안전과 규칙에 대한 교육은 가정에서 협력해 주면 좋겠다고 정중히 요청드렸다. 하지만 CCTV에 보이는 아이들의 모습과 상담이 어머니를 많이 불편하게 한 모양이었다. 4시에 귀가하면서 담임선생님께 "○○이는 애정 결핍, ○○이의 행동은 정상적이지 않기 때문에 현장 학습 가는 것은 무리가 있다."라는 원장선생님의 말이 사실이냐는 질문을 했다.

부모 상담 시 자기 해석으로 대화의 맥락이 달라질 수 있다는 것은 상식으로 알고 있다. 하지만 너무나 다르게 해석할 경우에는 대화하지 않는 것만 못한 상황이 벌어진다. 아이들의 학부모는 정상인 아이를 문제아로 만들었다는 데 노발대발했고, 이후 아이들의 장기 결석으로 이어졌다. 그러다가 부부의 상담 요청으로 다시 마주 앉게 되었다. 지극히 정상인 아이를 문제아로 만든 것에 대한 책임 소재를 두고 실랑이가 반복되다가 결국 어린이집에 보내지 않기로 결정했다. 한 달이 지난 7월 초, 행사비 환불을 교육비 환불로 잘못 인지해 감정싸움이 거듭 있었고, 결국 인연이 끊어졌다.

1학기 일정을 마무리하는 7월 말이 되면 지난 시간의 선택과 결정을 되돌아보게 된다. 부모 역할이 처음이라 자기 아이만 육아하며 지내던 부부에게 나쁜 말보다는 이해할 수 있는 범위에서 차근차근 이야기했어야 하는데 후회가 된다. 편견의 태도로 거부하는 몸짓과 행동을 보여 주었던 것은 아닌지 반성하게 된다.

인연이 되는 많은 이들에게 따뜻한 사랑의 손자국이 또렷이 찍혀지기를….

나보다는 다른 사람에게, 그리고 그들의 관점으로 진심 어린 관심을 기울여야겠다고 다짐해 본다.

책은 세상을 이어 주는 창이다

조선 중기의 대표적인 문인 김득신은 사마천의 『사기』에 나오는 중국 상나라 충신 이야기인 〈백이전〉을 11만 3,000번 읽었다고 전해진다. 10만 번 이상 책을 읽는 노력으로 김득신은 환갑을 앞두고 59세에 문과에 급제했다. 그의 묘비에는 다음과 같은 글이 새겨져 있다.

"재주가 남보다 못하다고 해서 스스로 한계를 짓지 마라. 나보다 노둔한 사람도 없겠지만 결국에는 이룸이 있었다. 그러니 힘쓰는 데 달려 있을 따름이다."

나는 나지막한 산 사이로 낙동강이 굽이 흘러가고, 마을 앞에는 논밭이 펼쳐진 달성군 구지면 화산2리 시골에서 나고 자랐다. 오지는 아니었지만 시골 번화가에서 30분 정도 걸어 들어가야 하는 마을이었다. 마을에 전기가 들어 온 것도 8살 때로 기억한다. 그러다 보니 나에게 책은 쉽게 구할 수도 없고 접해 보지도 못한, 생각조차 할 수 없는 물건이었다. 책을 좋아하게 된 건 20대에 〈느낌표〉라는 텔레비전 프로그램을 통해서였다. 다양한 장르의 책을 소개하며 패널들이 책에 대한 관점을 얘기해 주면, 호기심으로 그 책들을 사 보기 시작했다. 그러다가 20대 중반, 길거리에서 우연히 설문조사에 응하면서 책 읽기에 대한 목표가 생겼다.

"매달 책 2권씩 읽자!"

결혼하고 아이가 둘 생기자 아이들이 자연스럽게 책을 놀잇감으로, 도서관을 키즈카페로 여길 수 있도록 주말마다 도서관으로 나들이를 갔다. 도서관 나들이는 지금도 둘째와 계속하고 있다. 도서관에서 본 책을 소장하고 싶으면 서점 나들이로 그 욕구를 채워 주었다. 나는 유독 책 욕심이 많다. 그래서 책에 투자하는 돈은 아끼지 않는다. 아이들의 기념일이나 축하할 일이 있으면 꼭 책을 사 준다. 우리 집은 사교육비, 외식비 다음으로 도서 구입비 지출이 높다.

40대 전반까지는 아이와 함께 책을 보고 경험하는 것을 좋아했다면, 40대 후반에 들어서는 원하는 책을 마음껏 읽고 있다. 그러는 중에 책 보는 즐거움을 깨닫게 되었다. 책을 통해 육아와 직장 생활에서 느끼는 힘든 감정을 위로받게 되었고, 저자들의 경험과 이야기를 통해 나를 좀 더 깊이 들여다보게 되었다. 삶의 태도가 성실하게 바뀌는 전환점이 되기도 했다.

책에 대한 관심은 매일 새벽 6시 '듀오' 앱을 통해 진행하는 윤독 모임으로 이어졌다. 윤독은 같은 책을 여러 사람이 한 명씩 돌아가며 소리 내어 읽는 것을 말한다. 우리 모임에서는 그때그때 선정한 책을 20분간 돌아가며 읽는다. 그런 다음에는 가장 기억에 남는 문장을 공유 밴드에 올리거나, 카카오톡으로 소감을 나누고 각자의 생각을 토론하기도 한다. 20분이라는 짧은 시간이지만 꾸준히 하다 보니 그림책 이론서, 철학, 인문학, 과학서 등 다양한 분야의 책을 접하게 되었다. 책 편식에서 벗어나는 좋은 습관이 된 것이다. 다음 주에는 『청년 붓다』라는 책으로 새로운 책 읽기 여정을 시작한다. 그 외에도 그림책 필사 밴드에 가입해 1년째 그림책을 필사하고 있다.

나이가 들면서 아날로그 감성과 7080세대의 옛날 정을 그리워했는데, SNS를 통해 다양한 모임에 참여해 새로운 방식으로 정을 나눌 수 있어 참 좋다. 코로나가 앞당긴 과학기술의 발달로 호사를 누리고 있는 것이다.

혼자 독서할 때는 책 읽기가 단조로웠는데, 윤독 모임과 필사 모임을 하면서 책에 대한 다양한 시각을 가지게 되었다. 특히 필사하면서 머리로 생각하는 것을 손으로 쓰다 보니 책 내용을 더 오래 기억하는 것은 물론이고, 독서로 얻은 감동을 일상에서 더 오래 즐기게 되었다. 또 같은 취미를 공유하고 즐기는 사람이 있어 그 재미와 배움이 배가 된다.

매월 첫째 토요일은 밴드 가족들이 비대면 모임을 한다. 모임에서는 해당하는 월에 한 글자로 이루어진 주제(예를 들면, 6월은 '책', 7월은 '물')에 해당하는 책을 한 권씩 준비해 소개한다. 전국의 그림책을 사랑하고 다양한 직업을 가진 사람들의 이야기를 들을 기회여서 참 좋다. 운이 좋으면 그림책 작가를 강연에서 대면으로 만나기도 한다.

나에게 책은 사람을 이어 주는 창이다. 더 나아가 연대를 형성하게 한다. 오늘도 가방 속에는 책 한 권이 들어 있다. 볕이 잘 들고 잔잔한 음악이 흐르는 조용한 카페에서 책과 함께 노니는 시간 속으로 풍덩 빠지고 싶다.

"어떤 삶의 지혜와 이치를 깨닫게 해 줄까?"

지금을 사는 것은 죽은 자를 기억하고 태어나지 않은 자를 위하는 것이다

아주 오랜만에 막내 남동생에게서 연락이 왔다.

경기도 수원에서 새벽길을 달려 부모님 산소에 다녀가는 길에 얼굴도 볼 겸 같이 점심을 먹자는 것이다. 아뿔싸! 잊고 있었다. 엄마 기일인 것을.

지난 7월 24일(음력 6월 26일)은 엄마 기일이다. 단순히 엄마 기일이 7월 마지막 주라 생각하고 '장남한테서 전화 오겠지' 하고 태평하게 기다리고만 있었다. 불볕더위를 핑계 삼아 산소에 가지도 못했고, 장남의 전화도 없어 기일을 넘기고 말았다. 제사를 지내지 않으리라는 예고가 있었지만, 막상 닥치고 보니 허전하고 서운한 마음이 들었다.

장남은 우리 다섯 남매가 자취하던 초등학교 시절부터 예수를 믿기 시작해 사회생활을 하면서 종교에 많이 의지했다. 그러다가 같은 교회에 다니는 교인과 결혼했다. 올케는 어머니가 교회 목사라 어릴 때부터 가정 환경이 교회와 관련이 많았을 것이다. 그런 만큼 제사에 부정적인 견해를 가지고 있었고, 엄마가 살아 계실 때부터 제사를 모시지 않을 것을 분명히 했다. 부모님이 돌아가시고 그동안은 큰 며느리로서 도리에다

가족들의 눈치를 보느라 감히 실행하지 못하다가 나와 막내의 왕래와 소식이 뜸해지자 올해부터 실행한 것으로 보인다.

나 역시 명절에 집안 며느리가 다 모여 서로 친근감을 가장하며 희생의 노동을 감수하고 정성과 수고로움을 쏟아부어야 하는 제사가 달갑지 않다. 그런 만큼 올케의 결단을 이해한다. 그런데 '시' 자가 붙으니 나도 별수 없나 보다. 부모 모시는 예를 다해 주기를 바라는 욕심을 부리게 된다. 부모의 부재는 형제간 정을 시들게 한다. 그럴 때 '제사'라는 의식은 그간 소원했던 관계가 자연스럽게 소통되는 기회가 되기도 한다. 세 명 모두 가정을 이루고 있고, 각자 사는 도시가 달라 따로 시간을 내어 함께 모이기 어려운 것이 현실이다. 그런 만큼 장남이 현명하게 계획을 세워 화목의 울타리를 만들어 주길 기대해 본다.

나와 막내 남동생은 아홉 살 차이가 난다. 내가 초등학교 2학년 때 태어났으니 엄마의 산고와 출생을 모두 지켜봤다. 누나 셋(두 명은 하늘나라)이 참 예뻐하며 키운 동생이다. 동생 부부는 휴가를 맞아 시댁에 오면 부모님과 한방에서 잠을 자고 목욕탕에도 동행했다. 막내 올케는 무뚝뚝한 경상도 시부모에게 딸 같은 애정을 보여 주었다. 하지만 아기가 생기지 않아 부부가 가슴앓이를 많이 했다. 그러다가 부모님의 지원으로 시험관 시술을 시도했고, 결혼 6년 만에 첫째 조카가 태어났다. 엄마는 본인의 업적 중 최고로 잘한 일이라고 몇 번을 말씀하셨다.

함께 점심을 먹으며 각 가정의 평화로운 일상과 앞으로의 삶의 방향에 대해 얘기를 나눴다. 동생의 깜짝 소식에 그동안의 소원함이 사라졌다. 8월에 둘째 조카가 세상에 나올 준비를 하고 있다는 것이다.

"고것 참 신통방통한 녀석!"
"하늘에서 엄마 아버지가 얼마나 기뻐하실까! 선물을 주신 건가 보다."

그동안 막내 부부는 자연 임신을 기대하며 노력과 실망을 거듭하던 터였다. 태어날 즈음 소식을 전하게 된 것도 혹시나 잘못될까 하는 우려 때문이었다고 한다.

동생을 배웅하고 다시 직장에 복귀하며 "두 사람의 간절함을 엄마 아버지가 들어주셨나 보다. 아버지가 유독 막내 올케를 예뻐하셨지" 하고 몇 번이고 혼잣말했다. 동생이 마흔셋, 올케가 마흔하나에 둘째 탄생을 기다리고 있으니, 나랑 노후가 비슷하겠다. 이제 동생이라기보다는 한 가정의 가장으로 동생을 바라보게 된다. 참 든든하다.

"지금을 사는 것은 죽은 자를 기억하고 태어나지 않은 자를 위하는 것이다"라는 글을 어느 책에서 봤다. 부모의 죽음으로 어두운 터널을 헤매던 가족에게 새 생명은 희망을 뜻하는 것과 같다. 태명도 '오뚝이'란다. '오뚝이'가 태어나 꼬물꼬물 자라는 모습에서 가족 모두 오뚝오뚝 일어나 햇살 속으로 전진

하면 좋겠다.

“오뚝이야! 우리 가족에게 와 줘서 고마워.”

숲을 만나다, 삶을 사랑하다

전 인류를 강타한 코로나바이러스의 여파가 2022년 여름, 지금도 맹렬히 진행 중이다. 코로나바이러스라는 세계적 재앙으로 인해 우리는 삶을 다시 되돌아보기 시작했다. 코로나로 인해 단절된 일상에서 오는 스트레스를 자연과 숲에서 위로받으려는 움직임이 커졌다. 지금까지 그랬듯이, 자연은 미래에도 말없이 우리를 온전히 다 받아 줄 것이라는 희망의 아이콘이 되었다. 지속적으로 보존하고 지켜낼 수 있다는 가정하에 말이다. "자연에서 와서 자연으로 돌아간다"라는 옛사람들의 말이 딱 맞는 것 같다. 자연은 언제나 찾아가도 우리를 와락 껴안아 준다.

내가 살던 고향은 앞산과 뒷산, 낙동강이 품고 있는 달성군 구지면 화산2리다. 그곳에서 농사일은 부모님의 직업이고 마을 사람들의 직업이었다. 어린 시절 보고 만지는 놀이 도구가 되어준 것은 산과 논과 밭, 그리고 강이었다. 그러다 보니 자연은 늘 거기 그대로 있으며 누구라도 반겨 준다고 생각했다.

충북 괴산에 '여우숲'이 있다. '여우를 기다리는 숲'이라는 의미다. 여우는 우리 곁에 늘 있던, 그러나 인간에 의해 멸종한 생명 중 하나다. 여우숲은 수많은 멸종 생명의 귀환과 복원을 염원하는 뜻으로 숲학교의 오래된 미래 교장 김용규 선생님이 직접 지은 이름이다. 선생님은 존경하는 지인이 운영하는 '봄산북클럽' 줌인아웃의 1월 2일 강의에 초청된 강연자였다. 선생님의 중저음 목소리는 새해를 시작하는 우리에게 위로와 에너지 넘치는 응원가와 같았다.

"나답게 사는 것은 나무처럼 사는 것입니다. 삶을 피하지 말고 받아들이고 와락 껴안으세요."

여우숲이 궁금했다. 마침 1Day 여행 '『숲에게 길을 묻다』 작가와의 만남' 프로그램이 있길래 안동에 있는 친구를 찔러 함께 참여했다. 사전에 책을 읽고 준비 태세를 갖추어 여행길에 올랐다. 산 아랫동네에 주차한 후 눈 덮인 자연 그대로의 비탈길을 여자 둘이서 눈 장난을 하며, 도란도란 얘기꽃을 피우며 숲속의 여우로 둔갑해 자유를 만끽하며 올랐다.

"여우숲에 오신 걸 환영합니다."

전면 유리창에 입김으로 써 놓은 글씨가 정겹고 따뜻했다. 추위에 언 손을 녹여 준 벽난로와 불멍 시간, 익어 가는 달콤한 군고구마, 그 옆에 옹기종기 모여 풀어내는 참여자들의 이야기보따리, 무수히 빛나는 밤하늘 별빛과 떨어지는 별똥별, 사람을 살리는 유기농 건강 밥상, 선생님과 아침 숲길을 걸으며 들은 나무 이야기 등 자연과 사람들이 마음을 어루만져 주었다. 차곡차곡 쌓아 두었던 감정을 눈물로 쏟아 내고, 구부러지고 모나고 깊은 옹이가 생겨 상처 난 삶을 와락 끌어안는 시간이었다.

신경림 시인은 “한 군데쯤 부러졌거나 가지를 친 나무에, 또는 못나고 볼품없이 자란 나무에 보다 실하고 단단한 열매가 맺힌다”라고 했다. 정호승 시인은 풀잎에도 상처가 있고 꽃잎에도 상처가 있다며, 상처 많은 풀잎이 손을 흔들고 상처 많은 꽃잎이 가장 향기롭다고 했다. 각자 지니고 있는 상처야말로 가장 나다운 모습이며 나다운 향기이리라.

자연의 색이 가장 짙어지는 8월에 다시 여우숲을 찾는다. 이번에는 91회 대학 동창들을 동원한다. ‘원효의 해골 물’을 주제로 불교를 인문학적으로 풀어 줄 한국학중앙연구원 한형조 교수님이 강연해 주신다. 8월 6일부터 7일까지 1박 2일 동안 대구 여우들이 괴산 여우숲을 자유롭게 활보할 듯하다.

충청북도 괴산 칠성면 여우숲에는 우리의 어깨에 진 짐을 내려놓고 자신을 놓아둘 수 있도록 도와주는 마음 넓고 모험을 즐기는 오래된 늑대 한 마리가 있다. 나무처럼 모든 것을 내주고 와락 껴안아 줄 김용규 교장 선생님이다.

내 편일까, 남의 편일까?

결혼 초기에 잠버릇 때문에 힘들었다. 37년간 홀로 생활하다가 만났으니 서로 맞춰야 할 것이 얼마나 많겠는가. 그중 하나가 잠버릇이었다. 결혼 전 우리는 각자 아주 조용한 가운데 불빛이 새어들지 않는 어둠 속에서 혼자 잤다. 그러나 결혼하고는 같은 공간에서 두 사람이 이리저리 몸을 닿으며 자야 했다. 함께 자는 것은 불편한 일이었으며, 결국 불면으로 이어졌다.

"원장님, 드릴 말씀이 있습니다."

덜컥 겁부터 났다. 보통 이런 말은 시정을 요구하는 건의나 퇴직을 알리는 첫 마디다.

"네, 들어오세요."
"이사를 해야 해서 이번 달까지만 근무할 수 있겠습니다. 죄송합니다."

귀띔조차 없던 이야기라 당황했고, 이후 조치해야 할 상황에 마음이 불편했다.

"선생님, 이사라니요? 그동안 아무런 내색도 없으셨잖아요?"
"갑자기 이사하게 됐어요. 그동안 말씀 못 드렸는데, 남편이랑 이혼 조정 중이었어요. 그런데 집이 팔렸으니 나가라는 통보를 받았어요."

"네에? 누가 나가라고 통보했다는 건가요?"

"남편이 집을 팔아 버렸고, 일방적으로 통보해 왔어요."

남의 사생활을 다 물어볼 수 없었지만, 어마어마한 사연이 있으리라 짐작되었다.

"어디로 이사하시게요? 가실 곳은 정했나요?"

"위자료를 거의 못 받아서 집을 구할 돈이 없어요. 겨우 구한 것이 친정집 근처 월세예요."

"아이고…. 친정 부모님 많이 속상하시겠다. 사정은 알고 계세요?"

"네. 신랑의 폭력 때문에 친정 부모님이 달려오셔서 사정을 다 아세요."

'폭력'이라는 한 마디에 궁금증도 그간의 사연도 더는 묻지 않고 퇴사 여부가 결정되었다.

정현종 시인의 〈방문객〉이라는 시에는 "사람이 온다는 것은 실로 어마어마한 일이다. 그는 그의 과거와 현재와 그리고 그의 미래가 함께 오기 때문이다. 한 사람의 일생이 오기 때문이다"라는 구절이 있다. 사람과 사람이 맞닿는 인연은 그의 일생이 오는 것이라는 말이 와닿았다. 서로 '방문객'으로 만나 역사를 만들어 가는 여정이 '결혼'이라고 생각한다. 그리고 자녀를 통해 두 사람의 미래가 이어진다. 그래서 스토리는 진화를 거듭한다.

오는 8월 19일(음력으로 칠월칠석)은 결혼 15주년이다.

"이번 8월 19일은 우리 결혼 15주년이야."
"벌써 그래 됐나? 뭐 원하노?"
"내가 꼭 뭘 해 달라고 해야 해 주나?"
"꼭 찝어서 얘기해 줘야 니가 좋아하지!"
"8월 22일에 여름휴가 가서 이벤트해 줘."

사소한 일상의 공유가 역사가 되어 가는 대화다. 경상도 사나이의 투박함과 멋없음에 이벤트는 기대도 하지 않는다. 하지만 가족을 생각하고 배려하는 남편의 태도에 감사함과 큐피드의 화살이 날아간다. 존재의 익숙함이 주는 안도와 공감에 내 편이라는 인식이 자리 잡는다.

누가 지었는지 딱 맞는 말이다. '남의 편'은 서로 어긋나는 이해와 감정이 쌓여 생기는 거리감이 아닐까 싶다. '남의 편'이 되지 않기 위해서는 소소한 대화가 필요하다. 아이들 이야기, 경험했던 일, 생각들, 드라마 이야기, 심지어 방귀 스타일까지. 남이 들으면 "그런 것까지 얘기하나?" 싶을 정도로 일상적인 정을 주거니 받거니 한다.

오늘도 내 편은 얘기한다.

"아침 뭐 먹노?"

은퇴는 또 다른 꿈을 향한 도전이다

은퇴할 때가 올까?

은퇴하고 싶은 마음과 은퇴 시기가 늦게 오기를 바라는 마음, 양가감정이다. 우리 부부가 은퇴할 나이에 딸들은 24살, 21살이 된다. 가정의 여러 여건을 생각하면 은퇴 시기는 70세 이후가 되어야 한다. 하지만 아이들이 사회 초년생이거나 대학생일 때 은퇴해야 하니 걱정이다.

매월 한 번씩 동구 국공립 원장 회의가 있다. 구청의 전달사항 및 국공립시연합회 안건 전달, 정보 공유, 친목 도모 등의 목적이다. 코로나19로 인해 회의 자료만 전달받다가 대면회의로 전환한 지 얼마 되지 않았다. 그사이 새로 오신 원장님이 많아졌다. 후배 원장님이 많이 생겼다는 의미다.

7월 회의 끝 무렵에 한참 위 선배 원장님 한 분이 앞으로 나왔다.

"제가 재위탁 시기인 거 아시죠? 저 이번에 재위탁 지원 안 했습니다."

"8월 31일 자로 사직합니다. 새롭게 출발하려고 합니다."

"인연이 된다면 동구에서 또 뵙겠지요. 좀 쉬고 열심히 준비하겠습니다."

여기저기서 '어…', '아…' 아쉬워하고 안타까워하는 소리가 들렸다.

"아…. 음, 그렇구나!"

나도 모르게 소리가 나왔다.

국공립 원장이 되면 5년 주기로 재위탁 심사를 받아야 한다. 관례대로라면 당연히 재위탁에 지원해야 마땅하거늘 대한민국의 저출산 현실이 피부로 느껴지는 순간이었다. 3년 후 나의 현실이기도 해서 감정 이입이 많이 되었다. 또 다른 직업을 고민해야 하는 시점이 아닐까.

제2의 직업을 구상해야 할 때가 왔다. 나는 오래도록 내 삶의 주체로 살고 싶다. 현대 사회는 노령화에 접어들었다. 나이가 들어도 할 수 있는, 이윤을 창출할 수 있는 직업을 찾아야 한다.

나를 의미 있는 존재로 드러내는 방법의 하나가 '직업'이라고 생각한다. 사람들은 '취미'가 '직업'으로 연결되면 제일 좋다고 하는데, 요리조리 봐도 잘하는 것이나 뚜렷한 취미를 찾을 수 없다. 손재주가 있는 것도, 사교성이 뛰어난 것도, 인물이 출중한 것도 아니다. 아무리 고심해 봐도 현재의 직업에서 달라지지 않을 것 같다.
그러다가 고심해서 생각해 낸 것이 지금 직업의 연장이다. 책을 좋아하니 영유아에게 '책 읽어 주는 할머니' 또는 '숲에서 함께 놀아 주는 할머니'가 되는 것이 제일 잘하는 두 번째 직업이 될 것 같다.

제2의 직업을 생각하다 보니 자연스럽게 '배움'으로 연결된다. 배움은 항상 나를 따라다니는 대명사다. '배움'은 내가 참 좋아하는 단어지만, 행동하지 않고는 깨칠 수가 없다. 앞으로 10년 후에도 지금의 열정과 에너지가 생성될까 하는 물음과 우려가 마음에 일렁인다. 북 클래스 모임 선정 도서로 『두 늙은 여자』를 읽었다.

"긴 세월 동안 우리는 많은 것들을 배웠어. 하지만 노년에 들어서자 우리는 삶에서 우리의 몫을 다했다고 생각했지. 그래서 더 이상 전처럼 일하기를 그만두었어. 우리의 몸은 우리의 예상보다 좀 더 많은 일을 할 수 있을 정도로 아직 건강한데도 말이야."

은퇴란 일을 졸업하고 몸과 마음에 '쉼'을 주는 것이라고 생각했다. 그러나 은퇴는 새로운 꿈을 향한 '도전'이다.

아이를 통해 비로소 어른이 된다

"언니야, 나 요즘 우울하다."
"왜?"
"자식은 정말 내 맘대로 안 되는 거 맞다. 율이 때문에…."
"그 마음 이해한다. 그래도 너는 나보다 낫잖아. 갱년기와 사춘기가 싸워 봐라. 속이 시커멓게 탄다. 갱년기가 이기는 것도 아니더라."
"그건 맞네. 애 키우는 거, 와 이리 힘드노! 시원하게 가르쳐 주는 사람이 있으면 좋겠다."
"그래 답이 없다. 부모가 알아서 애한테 맞는 거 찾아서 부모가 욕심 내려놓고 아이한테 맞춰야지 뭐. 우리도 경험하고 배우면서 어른이 되나 보다."
"맞다. 애 때문에 우리가 성인이 되는 갑다."

자녀를 양육하는 과정에서 얻어지는 여러 가지 경험과 배움이 진정 어른이 되는 과정이라고 믿는다. 나를 성장시키고 '도'를 행하는 과정이다. 참을 인(忍) 세 개면 살인도 면한다는데, 참고 또 참아도 아이는 부모의 바람과 달리 혼자서 자기만의 세계를 만들며 자란다.

늦은 결혼이지만 서른아홉 살, 마흔두 살에 두 아이를 출산했다. 노산에도 불구하고 자연 분만을 하고 50일, 짧지만 모유 수유를 경험하니 아이가 분신이라는 느낌이 들었다. 아낌없이 모든 것을 주고 싶었다. 아이는 부부 삶에 중심이 되어 갔고, 애착으로 가족의 끈끈한 정을 쌓아 갔다.

10년 넘게 영유아를 보살피고 가르치는 일을 하다가 드디어 아이를 낳아 실전에 돌입하게 되었다. 부모가 되니 '세상에서 제일 좋은 것과 예쁜 것만 주고 싶고, 착하게 살아야 그 복이 대물림되겠구나' 싶은 생각이 들었다. 인지발달 이론가 피아제처럼 실험할 수 있는 존재가 나에게도 생긴 것이다. 부모 노릇을 잘하고 싶은 욕심이 점점 커졌다.

부모라면 누구나 아이의 천재성을 믿고 잘 키워 보겠노라 다짐한다. 잘 키워 보겠다는 생각은 행동으로 이어져 사교육에 집중하는 경향을 보인다. 하지만 아이를 키워 보니 몸을 비벼 가며 노는 것이 아이의 바른 성장을 돕는 것이었다. 오감을 자극하는 다양한 시도로 경험을 공유하고, 공감하고, 격려하는 것이 부모의 역할임을 알게 되었다.

대학원 시절에 '가정이 생긴다면 어떤 가훈을 가질 것인가?'에 대한 수업을 받은 적이 있다. 그날 나는 "긍정적이고 적극적으로 살아가자!"라고 거침없이 적었다. 되돌아보니 이 말이 곧 교육관이었다. 시골에서 자란 나는 적극적인 삶을 살아가려면 다양한 경험을 해야 한다는 걸 자연스럽게 체득하고 있었다. 여행을 통한 다양한 경험이 위기 순간에 스스로 일어설 회복 탄력성을 키워 준다는 사실도 알게 되었다. 부모의 역할은 경험을 공유함으로써 아이가 시도하고 행동하도록 옆에서

지지하는 것이라고 생각한다.

오늘도 둘째와 함께 도서관에서 주관하는 작가와의 만남에 다녀왔다. 책을 함께 읽고 궁금한 것, 질문 사항들을 나눈 뒤 작가를 만나고 와서 책을 집필하게 된 계기와 작가가 들려주는 이야기를 전달해 주었다.

오늘의 경험이 훗날 좋은 기억으로 남기를 바란다.

아이에게 꼭 맞는 이론서는 세상 어디에도 없다. 아이에게 맞는 교육 이론서를 직접 만들어 가는 수밖에.

에필로그

가끔 삶이 공허하다는 생각이 든다. '내가 제대로 살고 있는 것 맞나?'라는 생각이 들기도 한다. 그럴 때면 한없이 무기력해진다. 그럴 때는 귀에 이어폰을 꽂고 공원 산책로를 걸어다니거나, 카페에서 독서하며 혼자만의 시간을 가진다. 혼자 밥을 먹거나 영화를 보기도 한다. 하지만 마지막은 늘 우울한 감정이었다.

2019년 죽음이라는 폭풍 속에서 버거운 사투를 벌였다. 그리고 세 명의 가족을 하늘나라로 보냈다. 이후 2021년에 또 한 명을 보냈다. 당시 삶의 전환점에 있던 시기라 내 감정을 들여다볼 여유가 없었다. 거기에 코로나19가 전 세계를 강타했다. 의도하지 않았지만 삶을 리셋(reset)하는 시간이 찾아왔다.

내게 글쓰기는 가족의 죽음을 애도하고 슬픔과 공허함을 채우는 하나의 수단이었다. 그렇게 남은 수많은 글은 진정한 '나'를 발견하고 '행복'의 한 자락을 잡아 보려고 애쓴 흔적이다. 『이어령의 마지막 수업』에 나오는 "글을 쓴다는 것은 앞에 쓴 글에 대한 공허와 실패를 매번 다시 시작하는 것"이라는 글귀가 위안이 된다.

누구나 행복한 삶을 꿈꾼다. 행복의 기준은 사람마다 다르다. 행복을 느끼는 몫도 다르다. 하지만 행복하기를 바라는 것은 모든 사람의 관심 1순위이리라.

"엄마야, 선옥 언니야, 동생 상옥아, 아버지. 모두 하늘나라에서 잘 지내죠? 사랑합니다."

행복은 어디에서 오는 것일까?
당신은 지금 행복한가요?

가 버린 날도 다가올 날도 사랑입니다

최성혜

딸로, 아내로, 엄마로 살아왔습니다.
이제는 나로 살아야겠다고 생각했습니다.
열정과 사랑이 남아 있길 바라며,
다양한 시도를 하는 중입니다.

4099hye@gmail.com

프롤로그

"1학년 같아 보이는데, 엄마도 없이 매일 혼자서 오는 거야. 어쩌나 싶어서 유심히 봤지. 나랑 눈이라도 마주치면, 아무 말도 못 하고 나가버리고. 몇 번을 그냥 가길래 먼저 말을 걸었어. 남자애들이 여자애들보다 숫기도 없고, 부끄럼도 많아. 1학년 준비물은 뻔하거든. 알아서 챙겨 줬더니 아침저녁으로 들리잖아. 와서는 꾸벅 절을 하고 가버리데. 그 모습이 얼마나 귀엽던지, 호호"

큰아이가 초등학교 입학하고 한 달쯤 지났을 무렵, 하굣길에 아이와 함께 들른 문방구에서 생긴 일이다.

"안녕하세요"

아이는 옆에서 배꼽 인사를 하고 있었다.

"안녕하세요, 전 그런 일이 있었는지도 몰랐네요. 인사가 늦었어요. 저희 아이 챙겨 주셔서 감사합니다."

생각지도 못한 문방구 주인의 말에 당황했지만, 고마운 마음에 나도 모르게 고개가 숙어졌다.

처음으로 아이를 학교에 보냈을 때의 일이다.

그냥 쓰면 될 줄 알고 시작했다.

'어떻게든 되겠지….'
나이가 되면 학교에 들어가는 것처럼 그런 건 줄 알았다.

'글 쓰 기'

세글자에 담긴 의미는 학부모가 되는 것과 비슷한 것 같다.
막연하게 알 것도 같은데, 닥치고 나니 방법을 모르겠고 요령도 없다. 잘하고 싶은데 마음처럼 되지 않고, 하면 할수록 어려워지는 게 똑 닮았다.

낙서처럼 일기처럼 하나하나 기록해 나갔지만, 맞게 가고 있는지, 의문만 늘어 갔다.
그러다가 불현듯 떠오른 첫아이의 입학 무렵에 있었던 일. 그때 느꼈던 다양한 감정이 다시 떠오르는 것 같았다. 막막하지만 헤쳐 나가야 하는 부담감과 서툴지만 그렇게 보이지 않으려고 애쓰던 마음이 생각났다.

썼다 지우기를 반복했다. 걸음마를 배우는 아기가 겨우 한 걸음을 떼고 다시 넘어지는 기분이었다. 그래도 일어나면 앞으로 나갈 수 있다고 주문을 외었다.

일, 결혼, 임신, 출산, 육아, 전업주부로 살아온 평범하고 소소한 이야기.
나의 이야기를 시작해 본다.

외할머니

노란 승합차가 아파트 입구에 줄지어 있다. 비상등을 켠 차에서, 유치원 가방을 멘 아이들이 내리고 있다. 아이를 마중 나온 엄마, 할머니들은 자기 아이가 내리는지 살피느라 바쁘다. 오후 3~4시 무렵이면 늘 펼쳐지는 풍경이다.

체크무늬 분홍색 치마를 입은 아이와 통통한 몸집의 할머니가 오늘따라 눈에 들어왔다. 아이의 유치원 가방을 받아들고, 다른 한 손으로는 아이의 손을 꼭 잡고 있다. 낯설지 않은 두 사람의 모습을 멍하니 바라보다가 문득 떠올랐다.

'외할머니!'

나는 친할머니에 대한 기억이 없다. 갓난아기였을 때 돌아가셨다고 했다. 그래서 나에게 할머니는 외할머니가 전부다. 중학생이 된 어느 날, 갑자기 날아온 외할머니의 부고는 충격이었다. 영정 사진을 봐도, 장례식을 치러도 믿을 수가 없었다.

어린 시절 외갓집은 나의 안식처였다. 먹을 것도 많았고, 외할아버지나 외삼촌에게 용돈 받는 즐거움도 컸다. 외삼촌 방은 나의 아지트였다. 그 시절 흔하지 않던 미국 잡지나 세계 여행 관련 책들이 호기심을 자극했다. 지금처럼 해외여행이

자유롭지 않고, 인터넷도 발달하지 않았던 시절, 일고여덟 살 남짓의 나는 책에 실린 사진을 보는 것만으로도 즐거웠다. 책에 빠져 시간 가는 줄 몰랐고, 외할머니가 간식을 두고 가는 것도 몰랐다.

"우리 강아지, 책을 이리 좋아하니 나중에 큰 사람 될 끼다"

외할머니가 그렇게 말할 때마다 난 이미 큰 사람이 된 것 같은 기분이었다. 그 말이 자꾸 듣고 싶어서, 읽은 책을 보고 또 봤다.

"엄마, 기다리겠다. 집에 가야지"

외할머니는 내 손을 꼭 잡고 집에 데려다주곤 하셨다. 함께 가는 길, 우리는 노래도 부르고, 외할머니의 옛 이야기도 들었다. 그중에서도 외할머니가 빠뜨리지 않고 입버릇처럼 하는 말이 있었다.

"우리 손녀, 내가 대학도 보내주고, 유학도 보내 주께."

어린 나는, 듣기만 해도 기분이 좋았다. 이미 내가 대단한 사람이 된 것 같았다.

그날은 엄마한테 혼날까 봐 두려워 집에 들어가지 않고 외할머니 집으로 갔다. 우리 집에서 외갓집까지는 버스로 20분 남짓 걸렸다. 평상시라면 버스를 타고 갔겠지만, 엄마한테 혼나기 싫어 무작정 나왔고 외갓집에 갈 계획도 없었기 때문에 차비를 챙기지 않았다. 집에 들어가기 싫어 헤매다 보니 외갓집이 떠올랐고, 그래서 무턱대고 걸었다. 걷고 걸어서 겨우 도착한 외갓집에 들어서는 순간, 다리가 풀려 주저앉아 버렸다. 서너 시간을 넘게 걸었던 것 같다. 다리도 아프고 배도 고팠다.

"할머니!"

주저앉은 나는 할머니를 보자마자 울음이 터졌다.
"얼른 씻고 온나. 밥 먹게"
할머니는 아무것도 묻지 않고 밥상을 차려 주셨다. 배가 터질 듯 먹고, 할머니 방에서 잠들었다.
얼마나 잤을까? 엄마와 외할머니 목소리에 눈을 떴지만, 자는 척 누워있었다.

"이제 겨우 여덟살밖에 안 된 아가 겁도 없이, 집에서 여기가 어디라고 혼자서 온단 말이고. 중간에 길이라도 잃어버렸음 우짤 뻔 했노"

엄마의 목소리가 이어졌다.

"날은 저무는데 집에도 없고, 동네 사람들은 모른다카고, 온 동네를 다 돌아다녔다 아이가. 누가 델꼬갔든가 아니면 잃어버린 줄 알고, 경찰에 신고할라했지"
"안 그래도 니한테 전화할라고 하는데 오데. 별일 없었으니 모른 척 넘어가래이. 야단치지 말고. 엄마가 얼마나 무서웠으면 집에 안 들어갔겠노. 여기라도 온 게 다행이지. 똑똑한 아를 와 그래 뭐라 하노."

보고 싶고,
듣고 싶고,
잡고 싶은,

외할머니의

얼굴,
목소리,
손,

그립고, 그립고, 그립습니다.

내가 하고 싶은 거

두 아이가 모두 학교에 다니게 되자 여유라는 게 생겼다. 커피를 좋아하던 나는 눈여겨봐 둔 바리스타 공부를 시작했다. 오전 10시부터 12시 반까지, 시간도 딱 좋았다. 30대 초반으로 보이는 훈남 바리스타 선생님이 진행하는 수업은 즐거웠다. 어느 날인가 수업이 끝나고 얘기할 기회가 생겼다.

"바리스타는 어떻게 되신 거예요?"
"저는 먹는 것에 관심이 없었어요. 부모님도 제가 어릴 때부터 잘 안 먹어서 걱정이 많았다고 했어요. 평생 먹고 마시는 것에 흥미 없던 제가 3년 전인가 일본을 여행하다가 우연히 커피를 마셨는데...아! 그때 그 맛을 잊을 수가 없었어요. 그동안 알던 커피 맛이 아닌 거예요. 처음 경험하는 맛이었어요. 그때부터 커피에 빠져서 오늘까지 왔네요"
"어쩜, 그런 일이 있었네요. 그럼 나중에 큰 카페 차리면 되겠어요"
"아니요, 그런 꿈은 없어요. 그냥 제가 좋아하는 커피를 오래 마실 수 있으면 좋겠다 싶은 정도. 그게 제 바람이에요."

거창하지도 유난스럽지도 않은 바리스타 선생님의 이야기는 신선했다.
'난 뭐가 하고 싶지? 오래오래 하고 싶은 일이 있나?'

집으로 가는 길, 갑자기 오래전 기억이 떠올랐다.

결혼 전 나의 마지막 직업은 일본어 학원 강사였다.
새벽 6시에 시작해 밤 10시에 마쳤다. 나는 회화반 전담 강사였다. 주제를 정해서 토론하거나, 의견을 발표하게 하고, 말할 것을 준비해 오게 했다. 수강생들의 입을 열게 하는 것이 나의 일이었다.

오전 9시, 강의실에는 대학생 5명 휴학생 2명, 옷 가게 사장님이 있었다. 개강 첫날, 간단히 자기소개하고 수업을 시작하려 하는데 교실 문이 열렸다.

"스미마센"

걸걸한 목소리가 들리더니, 다부진 몸에, 짧은 머리의 남자가 들어왔다.

"늦어서 죄송합니다. 빨리 오려고 서둘렀는데 지각이네요. 내일부턴 일찍 오겠습니다"

미안해하는 인사에 당당한 목소리가 인상적인 A씨의 등장이었다.
늦지 않겠다던 A씨는 매일 지각이었다. 문 여는 소리와 함께 나타나는 그는 지각할 때마다 수강생 수만큼의 음료수나 커피를 들고 왔다.

첫사랑이 주제였던 시간에는, 일본어가 답답하니 한국말로 하겠다며 본인의 사랑 이야기를 들려주었고, 대학생을 보며 20대의 젊음과 기회가 부럽다며 힘 나는 말을 건넸다. 단어가 생각나지 않거나, 할 말을 제대로 전달하지 못할 때는 호탕한 웃음으로 넘어갔다. 어느새 대학생들은 A씨를 삼촌이라고 불렀고, A씨도 학원에 오는 것이 좋다며 힘들어도 열심히 다니겠다고 했다.

2주 정도 지나 A씨는 자기를 소개했다.

"저는 일본식 주점을 합니다. 가라오케라고 하죠. 그거 합니다. 일본 손님이 많이 오는 데 말이 안 돼서 배우러 왔습니다. 매일 지각하는 이유는 장사를 마치고 바로 오기 때문입니다. 잠들면 못 일어날 것 같아서 학원부터 오려고 노력합니다."

우리는 그의 의지에 박수를 보냈다.

40대의 B씨는 개인택시를 했다. 건장한 몸집에 목소리도 쩌렁쩌렁해 학원 상담실에서 문의할 때부터 눈에 띄었다. 일본어를 쓰는 할머니와 어린 시절을 보낸 덕에 듣고 말하는 건 문제 없다고 했다.

"말도 알아듣고 이야기도 하는데 글자만 나오면 못 읽습니다. 깜깜합니다. 쓰는 걸 배운 적이 없어서 답답합니다"
첫 수업을 하고 걱정이 앞섰다. 읽지 못하는 것도 문제지만 외우는 것이 되지 않았다. 안타까움에 여러 가지 방법을 써

보았지만 되지 않았다.

'일 때문에 시간이 안 되나?'
'외우려고 하지도 않으면서 핑계만 대는 건 아닐까?'
'히라가나만 외우면 되는데'

1개월 정도 지나자 도저히 안 되겠다며 작별 인사를 했다.

학원에서 가르친 수 백 명의 수강생 중 두 사람이 떠올랐다.
그리고 대학 전공을 선택할 때의 내가 생각났다. 부모님이나 친구들은 나에게 영문과를 지원하라고 했다.
'영어는 이미 아는데 굳이... 아예 모르는 일본어를 배워 볼까?'

A씨
B씨
바리스타 선생님
그리고 나

We know what we want!

은영이

나는 11월 말에 결혼했다. 다음 해 3월이 되자 두통과 미열이 잦고, 오한도 나고, 속도 좋지 않았다. 감기몸살인가 하고 병원에 갔더니 임신이라고 했다.

'벌써!'

생각지도 못한 아기 소식, 기뻐할 사이도 없이 지독한 입덧이 시작되었다.

마시는 물에서 비린내가 났고, 숨 쉬는 공기에도 냄새가 나는 것 같았다. 속이 뒤집혔다. 가리는 것 없이 잘 먹던 나는 온데간데 없어지고, 김치 냄새와 된장찌개 냄새에도 비위가 상하는 다른 사람이 나타났다. 입덧은 후각을 뒤틀기 시작하더니 다른 감각까지 극도로 예민하게 만들어 나를 괴롭혔다. 하루에도 몇 번이나 빈속을 개어 냈다. 무서운 입덧은 몇 달이나 계속되었다. 마치 세상에 혼자 버려진 기분이었다.

'괴로워서 미칠 것 같아'
'나만 왜 이래….'

은영이는 결혼하고 3년이 지나도록 아기 소식이 없었다. '아들 둘, 딸 둘' 입버릇처럼 말했지만 임신 소식은 들리지 않았다. 결국 은영이 부부는 시험관 시술을 했다. 힘든 시술을 견디고 아이가 생겼다. 그런데 임신이 되고 얼마 되지 않아 몸이 붓기 시작했다.

'임신 중독증인가?'

그건 아니라고 했다. 검진받던 산부인과에서는 큰 병원에 가보라고 했다. 임신으로 인해 혈관에 문제가 생겼는데, 원인은 알 수 없지만, 혈관이 좁아져 피가 잘 돌지 않는다고 했다. 혈전 용해제를 복용해야 하는데, 임산부라 먹는 약은 위험하고, 혈관에 주사를 바로 놓아야 한다고 했다.

"하루도 빠뜨리면 안 됩니다. 가능하면 일정한 시간에 놓는 게 좋습니다"

매일 밤 10시, 은영이의 남편은 어디서 무엇을 하든지 집으로 달려왔다. 출산 전날까지 하루도 빠지지 않았다. 하지만 아이가 태어난 후에도 그 병은 낫지 않았다. 은영이는 지금까지 매일 약을 먹고 있다. 평생 복용해야 하는 약이라고 했다.

나는 둘째가 생겼다는 말에 입덧부터 걱정됐다. 하지만 첫째 때와는 비교도 되지 않을 만큼 수월하게 지나갔다. 한 달 정도 고생했지만 견딜 만했다. 둘째 때는 먹고 싶은 것도 생겼다. 고기를 유독 좋아하던 나였지만, 몸에서 보내는 신호가 달랐다. 삼겹살도, 한우도 먹고 싶지 않았다. 날마다 과일가게를 가고, 채소도 아낌없이 먹었다.

'얼마나 피부가 고운 아이가 나오려고'

사과, 딸기, 귤 등 가리는 것 없이 달기만 했다. 채소를 먹지 않은 날은 잠도 오지 않았다. 어느 날은 오이가 먹고 싶고, 어느 날은 입에 대지도 않던 토마토가 생각났다.

유난히 뽀얀 아기가 태어났다. 그리고 백일을 맞이할 즈음이었다. 얼굴에 발긋하게 뾰루지 같은 것이 올라오기 시작했다. 가려움 때문에 아이는 칭얼대고 잠도 푹 자지 못했다. 친정엄마는 태열이라고 했다. 조그만 아기 얼굴이 발갛게 뒤덮이기 시작했다. 곧 없어진다던 태열은 온몸으로 퍼졌다. 가려움에 아이는 울음을 그치지 않았다. 긁어서 피가 나고 딱지가 앉았다. 머리부터 발끝까지 벌건 딱지로 뒤덮인 아이를 안고, 또 안았다. 아이는 밤낮없이 울어댔고, 잠시도 나에게서 떨어지지 않았다.

돌도 지나지 않은 아이라 약을 쓰기도, 식이 요법을 할 수도 없었다. 그저 달래고 또 달랠 수밖에 없었다. 화장실 갈 때도 업어야 했고, 누워서 자는 것은 있을 수 없는 일이었다.

보다 못한 친정엄마가 말했다.

"애가 좀 떨어져야 니도 좀 쉴낀데, 우짜노. 업고 동네라도 한 바퀴 돌고 오면 어떻겠노. 야도 밖에 나가면 잘 안 운다면서. 내가 업고 나갔다 올게"

하지만, 10분도 지나지 않아 현관문이 열렸다.

"아이고, 무시라. 야가 얼마나 서럽게 우는지 그치지도 않고…. 등에 얼굴도 안 대고,

얼마나 뻗대는지, 잘못될까 싶어 놀래서 들어왔다"

어렵게 첫째를 가진 은영이는 다음 해 바로 둘째가 생겼다. 더 이상 아기는 없을 줄 알았던 그들은 기적이라며 기뻐했다. 둘째가 생겼다는 걸 알고 얼마 지나지 않아 피가 비쳤다. 두려운 마음에 달려간 병원에서는 자궁도 약하고 착상이 불안정하다고 했다.

절대 안정이 필요하다고 했다. 첫 번째를 임신 중에 생긴 병 때문에 매일 혈관에 주사도 놓아야 하는데 유산의 위험까지 감당해야 했다. 착상이 불안정해서 걷는 것도 조심해야 한다고 하니, 일상생활이 불가능할 지경이었다. 그냥 가만히 아무것도 하지 말고 가만히 있으라는 말이었다.

의사는 입원을 권했다. 이제 겨우 돌 지난 첫 아이를 두고 병원으로 가야만 했다.

대학병원에 입원한 은영이는 자궁 입구를 묶고, 출산 때까지 누워만 있어야 했다.

'아이가 잘못되면 어떡하지...'

마음 한편의 걱정을 삼키며, 좋은 생각을 하려고 애썼다고 했다.

'아기에게 좋은 환경을 주려고 입원한 거니까, 걱정 그만하고 내 마음을 잘 다스려야지. 엄마 마음이 편해야 아기도 편

안하지'

은영이 병실에서 수도 없이 되뇐 기도였다.

하지만 세상이 궁금해서였을까. 아니면 엄마 아빠 얼굴이 너무 보고 싶어서였을까.

아기는 만 7개월을 채우지 못하고 세상으로 나왔다. 너무 일찍 세상에 나온 아기는 엄마의 자궁 대신 인큐베이터 안에서 나머지 시간을 채워야 했다.

오랜만에 만난 은영이와 시간 가는 줄 모르고 수다를 떨었다.

"그런 사정이 있는 줄은 몰랐네. 진짜 힘들었겠다."

"남들은 수월하게 잘도 낳던데 우린 왜 이러니? "

그날 우리에겐 전우애 비슷한 것이 생겼다.

'장하다 친구야'

왕짜증 엄마

"아줌마, 누구랑 얘기하는 거예요?"
"왜?"
"왕짜증 목소리네요"
"뭐라고?"

첫째 아이가 초등학교 2학년 무렵의 일이다. 참관 수업을 마치고 담임 선생님과 면담하려고 기다리고 있었다. 교실에는 나머지 공부를 하는 아이가 있었다. 우리 애는 보이지 않았다.

"어디야?"

아이는 집으로 가는 중이라고 했다. 통화를 마치고 돌아서는데, 그 아이가 나를 빤히 쳐다보면서 말했다.

"왕짜증!"

선생님과 무슨 얘기를 했는지 기억이 나질 않는다.
'왕짜증'
그 한마디만 맴돌았다.

"왜?"

나는 나에게 물었다.

대학교 4학년부터 아르바이트를했다. 졸업하고 바로 취업했고, 공백없이 일만 했다. 일하는 것이 좋았고, 인정받는 것도 좋았다. 4년 정도 지나자 일하는 것에 대한 매너리즘인지 권태기가 왔다. 그렇게 삶의 전환점이 필요하다고 생각한 무렵 결혼했다. 일만 하던 나는 결혼을 계기로 일을 그만두었고, 아는 사람 하나 없는 타지로 왔다.

결혼 생활이 무엇인지, 엄마는 어떻게 해야 하는지에 대한 준비가 전혀 없었다. 결혼을 상급 학교에 진학하는 것 정도로만 생각했던 것 같다. 아무런 준비도 계획도 없이 아이가 생겼고, 나는 엄마가 되었다.
심한 입덧, 산후우울증, 밤낮으로 울어 대는 아기...
임신, 출산, 육아, 어느 것 하나 쉬운 것이 없었다.

'외톨이.'

친정 식구도, 친구도, 아는 사람도 없었다.

'누가 한 시간만 애 좀 봐 주면 좋을 텐데...'

아기는 돌이 지날 때까지 잠시도 떨어지지 않았다. 내 등에서, 내 품에서만 조용했다. 혼자서는 잠을 이루지 못했다.
아이가 울면, 업어 달래고, 아이가 잠이라도 들어야 나도 잠시 눈을 감았다.

우는 아이를 안고 나도 울었다. 그런 날들이 점점 쌓여 갔다.

다른 사람과 이야기하는 법을 잊어 가고 있었다. 무인도에 아기와 나만 있는 것 같았다.

아이가 말을 하기 시작했다. 말수가 적었다. 남자아이라 그런가 보다 했다.

조용하고 온순했다. 다섯 살이 된 아이에게 책을 읽어 주다가, '한글을 가르쳐볼까?' 하는 생각이 들었다.

'책 읽어 줄 때 보니까 자주 나오는 단어는 곧잘 알던데'

생각만 하고 있었다. 그런데 예상치 못한 둘째가 생겼다. 임신 소식에 마음이 급해졌다.

5살 아이에게 책 읽어 주는 시간보다, 잔소리하는 시간이 많아졌다. 그러다가 둘째가 태어나고, 첫째는 어느새 혼자서 책을 읽고 있었다.

동생이 생긴 첫째 아이는 자연스럽게 나의 관심에서 벗어나 있었다. 이제 여섯 살이 된 첫째에게는 밤낮없이 울어대는 동생이 생겼다. 그리고 또다시 지쳐있는 엄마가 있다.

'짜증 부려야 할 사람이 누군데….'

첫째는 그렇게 나의 아픈 손가락이 되었다.

그날 밤, 칭얼대는 둘째를 업고 거실을 왔다 갔다 하는데, 열린 방문 사이로 홀로 잠들어 있는 첫째가 보였다. 조용히 들어가 잠든 아이 곁으로 다가갔다. 이불을 덮어주며 작은 손을 꼭 잡았다.

'뚝, 뚝.'

하염없이 눈물이 흘렀다.

'미안하고 미안해...'

곰 인형

'5시!'
'더 자도 되는데...'
잠은 오지 않고, 손을 뻗어 침대 옆에 있던 나태주 시집을 펼쳤다.

'이렇게 쉬운 말로 사람의 마음을 움직일 수 있다니!'

감동과 감탄을 반복하며 읽어 나갔다. 그러다가 어느 페이지에서 나의 눈과 마음이 일시 정지 되었다.
내가 하고 싶은 말이 들어 있다.
내가 듣고 싶은 말이 들어 있다.

'울 아들 보고싶네'

타지에서 대학을 다니는 아들에게 시를 찍어 보냈다.
'자고 있겠지...'

아들의 힘들었던 학창시절이 떠올랐다.

아이가 초등학교 5학년 때의 일이다.
"어머님, 내일 방과 후, 학교서 뵈었음 합니다"

'무슨 일이지?'

놀란 마음으로 학교에 달려갔다.

"걱정도 되고, 모르고 계실 것 같아서 말씀 드립니다"
"네?"
"학교 쓰레기 버리는 곳에서 고래고래 소리를 질렀대요. 아무도 없는데, 혼자서 그러고 있는 걸, 같은 반 아이 몇몇이 봤나 봐요. 그 모습을 보고 미친 X이라고 놀렸어요. 교실에 와서도 계속 그걸로 놀리고 장난치고 하다 보니, 다른 아이들도 같이 웃고 수군대고 그랬나 봐요. 애들이 웃고 놀리니까 화가 났겠죠. 교실에서 소리 지르고 울고 그랬어요. 소동이 있었습니다."

교실 뒤쪽을 보니 웅크리고 앉아 어깨를 들썩이며 흐느끼는 아이가 있었다.

'우리 아이...'

진정될 때까지 가만히 서 있었다.

"집에 갈까?"

눈물 콧물 범벅이 된 얼굴에, 퉁퉁 부은 눈으로 나를 바라봤다.
집에 와서도 한참을 말없이 있었다.

"배 안 고파?"
"…"

방문을 열어 보니, 머리끝까지 이불을 뒤집어쓰고 누워있는 녀석이 보였다.

"일어나 밥 먹자. 엄마 배가 많이 고프네. 같이 먹자."

아이는 마지못해 일어나 식탁에 앉았다. 숟가락만 만지작거리다 힘겹게 입을 뗐다.
"나는 과학책 보는 게 드라마나 오락프로그램 보는 것 보다 훨씬 신나요. 책보는 게 나가서 노는 것보다 좋은데…"

한숨을 내쉬며, 기어가는 목소리로 말을 이어갔다.

"아이들이 나만 보면 자꾸 놀려. 운동 선수 이름도 모르고, 가수 이름도 모른다고 바보래. 하나도 재미없고, 보고 싶지도 않은 텔레비전 프로그램 이야기…그런 얘기만 자꾸 물어보고… 아무 대꾸도 안 하면 무시하고, 내가 아는 얘기를 하면 이상하다고 그래. 그래서 열 받고 짜증 날 때마다 아무도 없는 곳에 가서 소리를 질러 봤어. 그랬더니 마음이 좀 풀리는 것 같았어."
"혼자서 삭히느라 속상했겠다. 엄마한테라도 말하지."
"나만 힘들면 되지, 엄마까지 알게 하고 싶지 않았어. 걱정할 거잖아"

아이를 바라보던 나의 얼굴이 바닥을 향했다.

말할 사람도 없이, 제대로 어울리지도 못하고, 놀림 받고 견뎠을 시간을 생각하니 심장에서 불이 나는 것 같았다.

'학교 친구들과 잘 지내야 할 텐데. 애들과 어울릴 방법은 없을까? 우리 아이가 유별난 건가? 이상한 건가? 병원이라도 가 봐야 하나?'

병원도 알아보고 상담하는 곳도 수소문했다. 병원에서는 '기질적 성향'이라는 애매한 대답을 주었다. 지인의 소개로 만난 심리상담 선생님은 아이와 잘 맞는 것 같았다. 10회 상담이 시작되고 회차가 거듭될수록 아이는 안정을 찾아갔다. 상담을 진행하던 중 처방 방법의 하나로 곰 인형을 준비하라고 했다. 봉제 인형이 좋다고 했다.

'곰 인형?'

아이 마음속의 울분과 불안, 슬픔, 외로움을 곰 인형에게 보내라는 것이다. 마음속에 분노가 차오를 때는 그 마음을 담아 곰 인형을 치고, 슬픔이나 외로움이 넘칠 때는 곰 인형을 끌어안으라는 것이다.

이후 10회의 상담이 끝나고, 두 번째 상담을 이어갔다. 그렇게 시간이 흘러갔다.

초등학교를 졸업하고, 중학교, 고등학교를 마칠 무렵에도 아이 방 한 구석에 곰 인형이 있었다.

스무 살이 훌쩍 넘은 아이는 BTS도 알고, 올림픽도 월드컵도 본다. 하지만 여전히 과학책을 좋아하고, 연예인에게는 관심이 없다.

'나태주 시집 하나 보내줄까?'

혼자 말하다 말고 고개를 저었다.

'사랑한다, 아들. 너의 다름을 존중해.'

좋은 아침

나태주

내가 세상한테 필요한
사람이라고 생각해 보자
눈물이 날 것이다
내가 세상한테 사랑받는
사람이라고 생각해 보자
더욱 눈물이 날 것이다
아침에 문득 받은 전화 한 통
핸드폰 문자 메세지 한 구절이
우리에게 좋은 세상을 약속한다
나는 당신에게 필요한 사람!

당신은 내가 사랑하는 사람!
그렇게 말해보자

공부가 뭐라고

10여 년 전, 영어 과외를 할 때의 일이다.

"안녕하세요"

K는 짧은 스포츠머리를 하고, 동글동글한 얼굴에는 여드름이 드문드문 돋아 있었다. 어색한 미소로 수줍게 인사 했다. K의 어머니는 목덜미가 시원하게 보이는 깔끔한 단발머리에 군살 없는 아담한 체격의 단정한 인상이었다.

K는 고등학교 2학년 남학생이었다. 전교 10등 정도의 성적이었는데 전교 3등 안에 들어가는 것이 목표라고 했다. 이해력도 좋고 수업 태도도 좋았다. 문법책, 문제집, 교과서 할 것 없이 반복 학습도 스스로 잘했다.

그 집에서 처음 수업하는 날, K의 어머니는 K의 방문 앞에 계속 있었다. 수업하는 동안 일부러 외출하는 어머니가 있는가 하면, 수업이 끝날 때까지 거실에 있는 분도 있다. 아무런 소음도 내지 않은 체 말이다.

'감시하는 것도 아니고...'

처음 당했을 때는 그랬다. 하지만 시간이 지나면서 그럴 수도 있겠다 싶은 생각에 이해가 되었다.

"질문할 것 있어?"
"아니요."
"너는 공부 습관도 좋고, 공부량도 많고, 아주 우수한 학생인데."
"…"
"실수만 안 하면 틀릴 게 없다."
"그래요? 항상 서너 개는 꼭 틀려요"

그동안 치렀던 모의고사, 학교 시험지를 살펴보았다. 어려운 문제가 아니었다.

"얼굴만 봐서는 차분해 보이는데 급한가? 덤벙대는 성격이야?"

아이는 웃기만 한다.

"공부만 하면 지겹고 답답할 텐데, 스트레스는 어떻게 풀어?"
"학교에서 가끔 축구 해요"
"그거 좋은데."

말수도 없고, 감정이 잘 드러나지 않는 아이였다.

K와 수업이 시작되고 한 달 반 정도 지나 중간고사가 있었다. 실수 없이 만점을 받아 왔다.
"잘했어. 진작에 이 점수가 나왔어야 했는데, 후훗, 이제라도 실수가 없어져서 정말 다행이다. 앞으로도 지금처럼, 알지?"
"근데, 쌤. 부탁이 있어요, 시험도 끝났는데 오늘은 저랑 좀 놀면 안 돼요?"
"뭐? 어떻게 놀아?"
"저랑 방 안에서 뛰어요"
"뭐라고? 아랫집에서 시끄럽다고 할 텐데, 그리고 어머니가 어떻게 생각하실지 모르겠네."
"만점 받으면 내가 하고 싶은 대로 해도 된다고 했어요"
"그랬어?"

K는 작은 방 안을 빙빙 돌았다.

"고민 있니?"
"공부하기 싫어요"
"어떡하지, 그래도 해야 하는데"
"엄마 땜에 하기 싫어요"
"엄마가 어떠신데?"
"시킨 대로 안 하면 혼나요. 잠도 못 자요. 무서워요."

대꾸할 말이 떠오르지 않았다.

무슨 얘기해?

밤 10시가 조금 넘은 시간, 카톡이 왔다.

'잘 지내시죠?'
'이게 누구야 잘 지내지?'
'네. 사장님은요?'
'잘 있지. 병원은 잘 다니고?'
'언제 시간 괜찮으세요? 목요일 저녁 어때요?'
'좋아!'

민지였다.

12년 전 폰 케이스 가게를 시작했다. 시작할 당시에는 폰 케이스 가게가 별로 없었다. 몇 년 사이 비슷한 가게가 많이 생겼고, 인터넷 쇼핑도 활발해졌다. 그러던 중 코로나까지 겹쳐 가게를 운영하는 것이 의미가 없어질 정도로 상황이 나빠졌다. 결국 작년 봄, 가게를 정리했다. 가게를 운영하는 동안 가장 고마웠던 것은 함께 일한 아르바이트생들이다. 우리 아이 같고, 조카 같은 아이들이 스스로 용돈이라도 벌겠다고 일하는 모습이 대견했다.

민지는 스물셋, 간호학과 재학 중이었다. 면접을 보고 주말 아르바이트생으로 일하게 되었다.

차분한 성격에, 성실하고 책임감도 있었다. 우리는 일이 끝나면 밥도 먹고, 영화도 보는 사이가 되었다.

"해외여행 너무 가고 싶어요. 전 아직 가 본 적이 없어요"

"그래? 일본 같은 데는 여자친구들끼리도 잘 다니는 것 같던데"

"수능시험 이후로 알바를 쉬어 본 적이 없어요. 그러다 보니 친구들과 시간도 잘 안 맞고. 근데 안 가 본 사람이 저밖에 없더라고요."

"그래? 그럼 가 볼래?"

민지와 나는 1박 2일로 후쿠오카에 다녀왔다.

아르바이트를 그만두고, 대학을 졸업한 민지는 대학병원에 취직했다.

약속한 목요일 저녁, 우리는 그동안 밀렸던 이야기들을 쏟아내었다.

"술은 처음이네! 우리"

"그러네요. 앞으론 자주 해요 이런 자리, 사장님."

"짠~!"

"근데 사장님, 제가 쭉 생각해 봤는데요. 호칭을 뭐라고 할까요? 이제 사장님도 아니고 히히."

"아줌마? 글쎄, 뭐가 좋을까? 부르고 싶은 거 있어?"

"언니요. 전 사장님 같은 언니 있으면 좋겠어요"

"그렇게 생각해 준 건 너무 기분 좋은데, 근데 언니라고 부르면 사람들이 이상하게 보지 않을까?"
"우리만 괜찮으면 되죠, 히히힛."
"언니 해도 되겠니? 고마워 그렇게 불러 준다니"

우리는 연거푸 '짠' 을 외치며, 웃고, 떠들었다.

"저 진짜 알바 많이 했었는데, 사장님이랑 일할 때가 제일 좋았어요."
"그렇게 생각해주니 내가 더 고맙네"
"저도 참 이상했어요. 친구들에게도 못하는 얘기를 사장님한텐 다 털어놓게 되고, 고민도 말하고, 걱정도 말하고."
"그래, 우리 참 별의별 이야기를 다 했네. 이야기하는 게 좋았어. 네가 예의상 들어주는 게 아닐까 걱정도 했는데, 아니라는 걸 알게 됐지."
"저도 사장님이지만 어렵지 않았어요, 히힛."

"사장님이 제 첫 해외여행 길을 열어주셨잖아요. 가고 싶은 마음만 있고 어떻게 가야 할지도 모르고, 같이 갈 사람도 마땅치 않을 때였는데, 선뜻 나서지 못하던 저를 데려가 주시고"
"그래, 나랑 일본 간다고 했을 때, 너희 어머니 어떠셨는지 떠오르네. 걱정되셔서 계속 전화 오고, 넌 장소 옮길 때마다 엄마한테 보고 문자 보내고"
"그땐 그랬죠, 후훗."
"그러고 보니 우리 추억이 많네."

"오늘부터 언니예요!"
"고마워, 동생!"

며칠 후, 동네 친구랑 새로 생긴 카페에 갔다. 알고 지낸 지 15년, 서로에 대해 모르는 것이 없었다. 우리는 뭐든 다 말했다.

"나 가게 할 때 그 애 있잖아"
"누구? 일본 같이 갔던 애?"
"어."
"난 지금도 잘 이해가 안 된다. 어떻게 둘이 갈 생각을 했어? 그것도 일하는 애랑"
"갈 수도 있지. 모르는 사람끼리도 가는데 그게 어때서?"
"참 나."
"그 애가 이제부터 나한테 언니라고 부를 거래"
"뭐라고! 말도 안 된다. 이모님 해야지, 흐흐흐"
"안되는 게 뭐 그리 많냐. 그럴 수도 있지, 하하하"
"근데, 진짜 궁금한 거 있는데. 둘이 만나면 무슨 얘기해?"

꺼내 보아요

자려고 누웠는데 왼쪽 허벅지 뒷부분이 가려웠다.

'1월에 모기가 있을 리는 없고, 알레르긴가?'

위치가 애매해서 가려운 자리를 찾기도 어려웠다.
너무너무 가려웠지만 긁으면 안 될 것 같아 애써 꾹꾹 참았다.

'내일 아침 병원 문 여는 시간에 맞춰 가 봐야겠어.'

"대상포진입니다"
"네?"

생각지도 못한 진단 결과에 놀랐다.

"언제부터 그랬어요?"
"어제, 밤부터요."
"일찍 오셔서 다행이네요. 오늘부터 일주일 동안 매일 주사 맞으러 와야 합니다. 그러면 빨리 낫고 후유증도 없을 겁니다."

주사실로 갔다.
"엉덩이 주사예요?"

"침대에 엎드리세요. 의사 선생님이 직접 놓으실 겁니다."
"네?"
"대상포진 수포마다 주사를 놓아야 해요."

'오 마이 갓! 주사 한 대 맞고 가는 줄 알았는데'

간호사의 말이 떨어지자마자 두려움에 온몸이 긴장되었다. 부끄럽지만 어른이 되고 나서도 주사 맞는 게 너무 싫다. 무섭다. 어릴 적엔 주사 맞는 게 두려워 아파도 아무에게도 말 하지 않았다. 그러다가 어느 순간부터 무서움을 극복할 나만의 방법이 생겼다. 나에게 힐링이 되어준 장소를 떠올리는 것이다. 사진 한 컷처럼 한 장의 그림으로 각인된 곳도 있고, 소리나 냄새 또는 그곳의 분위기가 어우러져 동영상처럼 추억하는 곳도 있다. 그런 곳을 떠올리면 진정이 되는 것 같았다.

"자, 주사 놓겠습니다"

의사 선생님 말이 떨어지기 무섭게, 극복의 카드를 꺼냈다. 무덥던 8월, 홋카이도의 라벤더 농장. 눈부신 푸른 하늘엔 한여름의 태양이 이글거리고, 솜사탕 같은 하얀 뭉게구름이 하늘의 애교점처럼 떠 있다. 눈이 닿는 곳마다 펼쳐진 보랏빛 라벤더꽃. 처음 보는 장관에 말문이 막힌다.

'우와!'
저절로 감탄사가 터진다. 라벤더가 끝나는 곳에는 알록달록

꽃들이 흐드러져 있다.

'이렇게 큰 꽃밭이 또 있을까?'
'첫눈에 반했다!'

"조금만 더 하면 됩니다"

의사 선생님의 목소리가 들린다.

나는 잠시 숨을 고르고 다시 라벤더 꽃밭으로 돌아간다. 끝없이 펼쳐진 보라색의 향연. 라벤더 향기가 바람에 실려 온다. 보라색 향기가 온몸을 감싼다. 뜨거운 여름 공기마저 싫지 않았다.

"잘 참으시네요. 내일 다시 뵙죠"

의사 선생님이 주사실을 나갔다. 주사 맞은 부위가 얼얼하다. 손을 대지 말라고 하니, 오히려 더 긁고 싶은 마음이다. 모든 신경이 주사 맞은 자리로 모이는 것 같다.

'그나저나 아직도 여섯 번이나 남았네, 어떡하지…'

청소 하다가

식구들이 모두 나간 늦은 오전, 보지도 않는 TV를 켜고 청소기를 찾는다.

청소기 소리에 묻혀 TV 소리는 귀에 들어오지도 않는다. 화면만 힐끔힐끔 보면서 청소기를 돌리고 있다. 연예인과 일반인들이 둘러앉아 고민을 이야기하는 프로그램 같아 보였다.

'현재의 나를 위해 아낌없이 돈을 쓰는 사람과 미래의 나를 위해 최대한 알뜰하게 현재를 보내는 사람'

오늘의 주제인 것 같다. 상반된 가치에 관한 신념을 가진 사람들이 나와서 나름의 생각을 말하고 있다.

"돈은 나를 보여주는 수단이라고 생각합니다. 비싼 차, 명품 가방, 최신 유행하는 옷과 신발로 나를 치장하고, 소위 말하는 핫플레이스에서 식사하고, 사람들을 만납니다. 스포츠카에서 내릴 때 느껴지는 주변 사람들의 시선을 즐깁니다. 겉으로 보이는 것보다 내면이 중요하다고 하지만 처음 본 사람들이나, 친하지 않은 사람들은 나의 내면을 알 수 없습니다. 내가 차려입은 모습에 따라 사람들이 나를 대하는 태도가 다릅니다. 이건 저의 경험에서 나온 것입니다. 그래서 나의 모습에 돈을 쓰는 것은 자존심을 지키는 일입니다. 그러다 보니 저축이나 재테크에 대해서는 생각해 보지 않았습니다."

"나를 꾸미는 것에 돈을 쓰지 않습니다. 비슷한 스타일의 옷 서너 벌이면 1년 내내 출근하는 데 아무 지장 없습니다. 패션이나 먹방, 여행 같은 취미 활동에도 딱히 관심이 없습니다. 생활비는 한 달에 15만 원 정도, 점심은 구내식당을 주로 이용하고 가성비를 항상 생각합니다. 지금은 젊고 돈을 벌고 있지만, 나이 들면 어떻게 될지 모르기 때문에 한 살이라도 젊을 때 모을 생각입니다. 올해로 직장 생활 3년 만에 1억을 모았습니다."

두 사람의 생각은 전혀 다른 얘기처럼 들렸다. 하지만 프로그램이 진행될수록 공통점이 보이기 시작했다. 돈에 대한 해석은 다르지만, 자신을 지키기 위한 수단이 돈이라는 데에는 의견이 같았다.

'돈이 있어야 살지'

나도 모르게 중얼거리고 있었다.

결혼하고 1년이 지나지 않아 돈 걱정이 시작되었다. 나는 결혼하면서 타지로 오느라 다니던 직장을 그만두었다. 남편은 결혼할 즈음 새로운 사업을 시작했다. 잘될 줄 알았던 사업은 생각처럼 풀리지 않았다. 생활비도 가져올 수 없을 만큼 힘들어졌다. 자존심에 주변 사람들에겐 내색도 할 수 없었다. 결혼 전 쇼핑할 때나 쓰던 신용카드로 살기 위해 현금 서비스를 받았다. 생활비를 위해 세 장의 카드를 돌렸다. 버티고 버티기를 반복했다. 시어른들은 외면했고 친정에는 알리지 않았다.

'돈,돈,돈.'

돈이 나의 목을 죄고 있었다.
그렇게 4년을 버티자, 조금씩 일이 풀리기 시작했다. 실패만 하던 사업이 자리를 잡아갔다. 현금 서비스도, 카드 돌려막기도 이젠 안녕이었다.

'이제 숨이 좀 쉬어지는 것 같아'

경제적으로 여유가 생기자 생각지도 못한 일들이 나를 괴롭혔다. 결혼 초에는 돈에 쪼들려 돈만 있으면 아무 문제가 없을 줄 알았다. 하지만 돈이 전부가 아니었다. 돈 문제가 풀리니 다른 문제가 쓰나미처럼 나타나기 시작했다.

'결혼하고 3년은 정말 피 터지게 싸웠습니다.'
'신혼여행 때부터 싸우기 시작해서 처음 일 년 동안은 원수같이 지냈죠'

먼저 결혼한 친구들 이야기가 생각났다. 그랬다. 나에겐 신혼도, 신혼의 부부싸움도 없었다. 그저 살기 위해서 발버둥친 기억밖에 없다.
너무나 다른 성격과 성향을 지닌 우리 부부는 서로에 대해 이해하는 시간이 턱없이 부족했다.
돈이 없을 땐 서로 큰 소리 한 번 내지 않았는데, 점점 각자의 목소리가 커졌다. 그러다가 싸움이라는 게 시작되었다. 정답도 없고, 결론도 없는 지루한 싸움이 이어졌다.

TV 속 사람들이 '돈'에 대해 이야기하는 모습을 보고 있자니, '돈' 때문에 겪었던 일들이 떠올랐다. 돈 없는 불편함, 힘듦. 돈이 없을 땐 돈만 있으면 문제가 없어질 줄 알았지만, 돈만으로는 해결되지 않는 것들이 있다는 것을 알게 되었다. 내 경우에는 마음의 안정감이 있어야 했다. 사람에 대한 애정, 사랑, 이해, 희생, 배려가 필요하다는 것을, 그리고 이를 위한 큰 노력이 필요하다는 것도 알게 되었다.

TV 속 사람들도 돈 얘기를 하더니, 조금씩 마음속 이야기를 하기 시작했다.

"돈을 써야 사람들이 나에게 옵니다. 나를 알지 못하는 사람이 대부분인데 겉모습이 화려해야 일단 나를 봐줍니다. 돈 없는 나는 상상하기도 싫습니다"

"나이 들어서 돈 없이 비참하게 생활할 걸 생각하면 끔찍합니다. 늙고 병들어 가는데 돌봐주는 이도 없다고 생각하면 한 푼이라도 더 벌어 놔야 합니다"

그들 역시 원하는 것은 결국 '안정감'이 아닐까? 자신의 마음을 편하게 해 주는 안정감을 위해 '돈'이라는 수단을 이용하고 있을 뿐.

어느새 프로그램이 끝났는지, 광고가 이어진다.
어쩌다 생각이 거기까지 갔는지, 다시 청소기를 켰다.

배움

지난 주말, 아이들과 부산 친정어머니 댁에 갔다. 아이들까지 함께 가는 게 오랜만이라 기분이 좋았다. 스물여섯, 스물하나가 된 아이들은 더는 엄마를 쫓아다니지 않는다. 우리가 들어서자 할머니는 손자들 손을 꼭 잡고 하염없이 웃기만 한다.

"느그 온다 캐서 갈비찜 했다. 마이 무래이"
"배고파요, 할머니. 아침도 안 먹었어요"

할머니가 해주는 갈비찜을 제일 좋아하는 아이들은 신발 벗기가 무섭게 밥상으로 달려간다. 이른 점심을 먹으며 할머니와 아이들은 이야기가 끊이지 않는다. 과묵한 경상도 아들인 줄 알았는데 수다쟁이들이었다.

"나도 서울에서 살고 싶다"
"야, 서울은 사람 살 데가 아니야. 물가도 비싸고, 지하철은 얼마나 복잡한지, 공기도 나빠. 코로나가 아니더라도 마스크 쓰고 다녀야 해."
"그래도 서울에 가고 싶다고"
"서울은 별로야!"
작은 아이가 서울에 가고 싶다고 하자 큰 아이가 받아친다.
"밥은 잘 챙겨 묵고 다니나? 끼니 거르면 안 되는데"

할머니는 밥이 걱정이다.

“점심값이 너무 비싸요. 만원은 기본이에요”
“편의점 가면 되잖아. 삼각김밥, 히히”
“매일 삼각김밥만 묵나. 그리고 회사 사람들하고 같이 가야 한단 말이야”

두 녀석의 이야기가 재밌기만 하다. 점심상을 치우고 한숨 돌리자 금방 일어나야 할 시간이 되었다.

“엄마, 나 여자친구 만나러 가요”
“뭐? 미리 말하지 않고 이제야?”

내 말에는 대꾸도 하지 않는다.

“형, 내 기차표도 부탁해”
“뭐, 내가 왜?”

노려보긴 하지만, 큰 아이는 1초의 망설임도 없이 기차표를 예약한다.

‘착한 녀석’

부산역으로 가는 길, 나는 운전석에, 아이들은 나란히 뒤에 앉아 핸드폰만 쳐다보고 있다.
평상시와 다를 것 하나 없는 장면이다. 그런데 뭔가가 심장에서 빠져나가는 느낌이다. 도미노가 무너지는 것 같다. 잡고 있던 풍선을 놓친 것 같다.

'뭐지? 이 기분...'

처음 집을 떠나는 것도 아니고 배웅하러 간 것도 한두 번이 아닌데, 멀리멀리 떠나가는 것 같았다. 다시는 나에게 오지 않을 것처럼….

"인덕션 정말 좋아. 라면 끓이는데 딱이야. 금방 끓고 완전 대박"

"서울 살고 싶다"

"여친이 뭐가 좋은데?"

"전부 다~"

"서울에서 살려면 어떡해야 하지?"

뒷자리에서 이야기가 끊이질 않는다. 그리고 언제나처럼 인사를 나누고 아이들이 떠났다.

'이제 다 컸네'

'별 탈 없이 잘 자라줘서 다행이야!'

'그런데, 떠나보내야 하는 시간이 진짜 온 건가'

턱 밑까지 차오르는 허전함을 꾹꾹 누르며 아이들의 이야기를 듣고만 있었다. 고맙고 기특한데 전혀 기쁘지 않았다.

난데없는 생각 하나가 불쑥 떠올랐다. 신혼여행을 다녀와서 친정에서 하룻밤 자고, 친정 부모님과 함께 시댁에 갔던 때가 떠올랐다.

결혼 후 시어른과 함께 살기로 했다. 결혼식, 신혼여행, 친정에서의 하룻밤, 그리고 시댁.
시어른들과 식사하고는 갈 길이 멀다며 서둘러 일어나던 친정 부모님. 그때의 나는 제대로 배웅하지도 못했던 것 같다.

'엄마, 아빠, 손이라도 잡았어야지. 가기 전에 안아 보기라도 했어야지…'
철없던 그때의 나…

'시집에 나를 두고, 두 분만 집으로 돌아가는 기분은 어땠을까?'

현관 비밀번호를 누르는 소리가 유난히 크게 울린다. 썰렁한 집 안 공기를 가르며 거실 불도 켜지 않고 곧장 안방으로 들어갔다.

텅 빈 집,
씻는 둥 마는 둥, 침대로 들어가 TV 리모컨만 눌러 댔다. 소음 같은 TV가 혼자서 떠들고 있다.

에필로그

2022년 8월, 숨만 쉬어도 땀이 맺히는 뜨거운 오후 2시가 되면, 노트북을 챙겼다. 집 근처 카페, 따뜻한 캐모마일 차를 주문하고-처음 노트북을 들고 카페에 갔을 땐 아이스 아메리카노를 주문했다. 3일이 지나자 에어컨 바람을 대적할 따뜻한 차가 간절해졌다-혼자 있어도 눈에 띄지 않을 자리를 찾아 앉았다.

7월부터 시작된 나만의 루틴. 혼자 카페에 가는 것도, 노트북을 펴 놓고, 뭔가를 하는 것도 낯설기만 했던 나는 이제 두 달간의 여름 루틴과 헤어질 준비를 하고 있다.

공저 내기.

상상해 본 적이 없었다.
뭔가에 홀리듯이 시작한 글쓰기 수업이 공저 내기까지 이끌었다.

10개의 에피소드!

주제, 제목, 키워드 등 시작부터 호락호락하지 않았다. 읽는

이에게 감동과 공감을 일으키는 글을 쓰고 싶었다. 듣기 좋은 말과 글로 채우면 되는 줄 알았다. 줄줄 써 내려갈 줄 알았던 마음과 달리, 한 줄도 완성하지 못하는 내 모습은 의기소침 그 자체였다.

쓰고 지우기를 반복하며 알게 된 것은, 문장의 완성이 아니라 잊고 있었던 아니 감추고 있어 알지 못했던, 나의 모습이었다. 들키기 싫은 내면의 모습, 좋은 모습만 보여주고자 했던 마음, 내 마음속에 있던 보기 싫음을 어느새 하나둘 꺼내고 있었다. 망설임과 주저함은 담담함으로 바뀌고, 갈피를 잡지 못하던 이야기들도 자리를 잡기 시작했다.

에피소드가 완성될 때마다 조금씩 편해지는 나 자신을 느끼게 되었다.

힐링, 용기, 극복, 안정.

모두 글쓰기를 하면서 받은 선물이다. 이 선물을 공유하고 싶은데, 아직은 실력이 부족해 잘 나누어 줄 방법을 모르겠다. 그래도 나의 진심이 전해지길 바란다. 더불어 선물을 함께 나누고 싶은 마음도 간절하다.

함께 한 8개월, 잊을 수 없는 공저작업!
용기와 희망이라는 이름표를 남기며 작별을 고한다.

목요일의 왈츠

글쓰기로 내 인생의 문장을 만나다

초판 1쇄 2022년 10월 21일
글 김민정·이숲·전경옥·최성혜

발행인 김수영
발행처 담다
교열 김민지
디자인 김혜정
출판등록 제25100-2018-2호
주 소 대구광역시 달서구 조암로 38, 2층
메 일 damdanuri@naver.com
문의 010.4006.2645

ISBN 979-11-89784-25-6 (03810)